琼 瑶

作 品 大 全 集

却上心头

琼瑶 著

作家出版社

琼瑶，本名陈喆，作家、编剧、作词人、影视制作人。原籍湖南衡阳，1938年生于四川成都，1949年随父母由大陆赴台生活。16岁时以笔名心如发表小说《云影》，25岁时出版首部长篇小说《窗外》。多年来笔耕不辍，代表作包括《烟雨蒙蒙》《几度夕阳红》《彩云飞》《海鸥飞处》《心有千千结》《一帘幽梦》《在水一方》《我是一片云》《庭院深深》等。

多部作品先后改编成为电影及电视剧，琼瑶也因此步入影视产业。《六个梦》系列、《梅花三弄》系列、《还珠格格》系列等，影响至深，成为几代读者与观众共同的记忆。

琼瑶以流畅优美的文笔，编织了众多曲折动人的故事。其作品以对于梦的憧憬和爱的执着，与大众流行文化紧密结合，风靡半个多世纪，成为华文世界中极重要的文学经典。

我为爱而生，我为爱而写
文字里度过多少春夏秋冬
文字里留下多少青春浪漫
人世间虽然没有天长地久
故事里火花燃烧爱也依旧

復禄

第一章

　　夏迎蓝坐在那冷气十足的大办公厅里，刚刚从街上带进来的满身燥热，已经消失无踪，两只裸露的胳膊，反而感到几分凉意。她下意识地拉拉衬衫领子，贯注精神，去打量那坐在大办公桌后面的董事长。

　　这董事长很像董事长，两鬓斑白，近视眼镜，挺直的鼻梁和一张坚毅的嘴。在桌上，有块黑底金字的名牌，刻着"董事长：萧彬"等字样。夏迎蓝就坐在他书桌对面的一张皮椅中，正被这位萧彬董事长从头到脚地观察，他手中握了一沓卷宗，显然是她的一切资料。他看看资料再看看她，将近十分钟了，始终就没说过话。噢，夏迎蓝心中暗暗感叹着，要找一个职业居然这么困难！一星期以来，她已经见过这家"达远贸易行"的组长、科长、副理、经理、总经理秘书、总经理，以至这位董事长。不过是个秘书缺，居然要闯五关，斩六将，本来嘛，她刚来应征的时候，就有一百多位都是大学毕业的学生来竞争，她考过英文信件、打字、中英文阅读能力、中英文写作能力、应对能力，居然还做过一次智力测验！简直比大专联考还难！

"嗯，夏小姐！"那董事长终于开了口，把痴坐在那儿呆想的夏迎蓝吓了一跳，她慌忙坐正身子，正视萧彬。

"你家在台中，为什么到台北来找工作呢？"萧彬问。语气和声调都非常平稳，非常慈祥，那镜片后面的一对眼睛虽然敏锐，却也温和。"我认为在台北比较容易找事。"她坦白地回答，"尤其我读的是职业学校，受过职业训练，如果不能学以致用，也相当可惜。""你一分钟可以打八十个字，并不容易啊！"

"这并不是我最好的成绩，"她笑笑，"在学校里，我曾经打过一百以上。我还有很好的珠算本领，但是，"她再笑笑，"我参观过你们公司，仿佛一切都电脑化了，我的珠算大概也英雄无用武之地了！"萧彬斜靠在椅子里，拿起桌上的一支签字笔玩弄着，带着种感兴趣的表情，他很好奇地望着面前这个女孩。那么年轻，履历上写着二十岁，才从高职毕业。有对明亮的大眼睛黑白分明，长而黑的睫毛向上微翘，使她整个面容都笼罩在一种充满青春气息的明媚里。眉毛黑而修长，嘴唇红润而小巧，实在是个"相当美丽"的女孩，那直直披泻毫无润饰的头发，更增加了她几分纯纯的、甜甜的味道。萧彬知道她为什么能通过那么多关，被推荐到他面前来了。她美丽！美丽往往是个比才华更占优势的条件，使人一见面就有"好感"。爱美，是每一个人的天性！他微笑起来，更深地注视她，笑着说："你似乎很有把握，你会被我们公司录取。""哦，并不。"她又笑了，她很爱笑，笑容中有种动人的天真，"但是，我猜，那么多报名的人中间，能够有幸见到董事长的并不多。""是不多，"他紧盯着她，"只有八个！"

"噢。"她一怔，脸上的阳光立即消失了一半，笑容就被一阵乌云所遮盖了。她很快地、直率地表示了她的失望和惆怅："原来只有八分之一的机会！我还以为……我是唯一的一个！唉！"叹了口气，她垂下的睫毛忽然又飞快地扬了起来，希望重新在眼睛中闪烁："那么，萧董事长，你有权淘汰其他七个人！""你认为你比其他七个都强吗？"萧彬敏锐地问。

"是的。"她肯定地说。

"噢，你并不谦虚啊？"

"在竞争中，不需要谦虚，只需要能力！"

他沉思地看她，她脸上有股热切的神情。

"你很需要这份工作吗？"他沉吟地问。

"是啊！我既然舍得离开父母来台北，当然希望找到一个好工作。""家里要你赚钱吗？""不。我家虽然过得很节省，但是并不贫穷，我父亲教中学，妈妈教小学，我还有三个在求学的弟妹，父母的负担很重，可是，他们却不要求我赚钱养家，只要求我'独立'。当然，如果我能赚很多钱，寄回去一部分，会让我自己觉得有份骄傲感和成就感。""你知道，"萧彬心里的欣赏在加重，神色上反而显得平淡了，"我见过的女孩中，有很多都是家境贫寒、生活清苦，她们更需要这份工作来赚钱养家！"

"哦。"她脸色变了，眼底有一丝近乎"反叛"的光芒在跳跃，"我以为你要找一个能干的女秘书，并不知道你在开救济院！"她站起身来，抓起椅子上的皮包："那么，我不打搅你了，你时间宝贵，我也宝贵，我还要去立标水泥公司！"

"立标？"他怔了怔，"你去立标干什么？"

"他们在征聘打字员！我想，我一定会被录取。希望他们不在开救济院！""等一等！"萧彬正色说，"你似乎不知道，立标公司也是我们的！""噢！"她惊呼，眼珠瞪得圆滚滚的，惊异地打量萧彬，点了点头，"难怪……韶青已经告诉过我，你是个大企业家，又尖锐又能干又难缠！这工作还是不来应征为妙。不过，你的企业网绝对不能伸向台北每个角落，我总有路走的！"

她把皮包甩在背上，挺潇洒的。微往上仰的小下巴，有股"初生之犊不畏虎"的傲气。她身材修长，腰肢纤细。萧彬看着她，咬了咬嘴唇。"韶青是你的男朋友吗？

为了他你才来台北吧？"

"对了一半。"她说，"我正和他同居在一起。"

"嗨！"他微微吃了一惊，"你不觉得你的年龄太小了吗？你不觉得这样做太大胆？"

"我不相信你那么道学，也不相信你这么保守。不过，我说过你只对了一半，韶青和我同租了一间公寓，她不是男人，而是女孩，只比我大一岁，在中华航空公司做地勤。她家也在台中，和我是先后同学，也是好朋友……"她忽然住了口，惊奇自己在不知不觉中说了这么多，"好了，既然被淘汰了，也不必这么详细地介绍我自己。我要走了。"

"怎么知道你被淘汰了？"萧彬抬抬眉毛，"我说过你被淘汰了吗？"她一怔，站住，回头，扬起了睫毛，什么话都不说，抿紧了嘴唇，怀疑地看他。"你知道工作的性质了？"他正色说，"你要整理我的档案、拆信、看信、回信、答复订货单、接电话、打字、处理我的见客时间……唔，你还要先熟悉我的朋友、家庭和来往客户……慢慢来吧，总要一两个月才能上轨道。明天早上九点就来上班，你的办公室在我办公室的隔壁，单独的一间。现在起，你算达远的正式人员，如果需要用钱，可以先到会计处去领半个月薪水，我们以一万五千元起薪。先不要太高兴，我出高薪，是因为工作繁杂，你必须很努力工作才行。"

她默然了几秒钟，睫毛闪了闪。

"你……你不是说有很多人比我更需要这工作的吗？"

"是的，"他微笑着，"可是我这儿不是救济院！"

她又怔了一会儿，忽然明白过来，她翩然转身，面对着他，扬起眉毛，神采飞扬："你是说，我被录用了？"

"是的。""可是……可是……"她居然结舌起来，"为什么选择了我？""要我直说吗？""嗯。""你的能力，你的傲气，你的敏锐，你的年轻，再加上你的美丽……所以，你得到了这个工作！"

她微微一愣。"美丽也是录取条件之一吗？这不太公平吧？容貌是与生俱来的。""怎么？"萧彬很有兴味地研判着她。"你不会在为那些容貌不及你的人抱不平吧。"

"有一些。"她笑了，笑容里有份坦荡荡的温柔，"谢谢你'以貌取人'，我该写封信回家，也谢谢爸爸和妈妈。"

萧彬也笑了，正要说什么，桌上的按键电话"嘟嘟嘟"地响了起来，萧彬伸手去接，忽然住了手，转头望着她：

"试试你的第一件工作，接一接这个电话！"

她大踏步地冲到桌边，取下耳机，看到那电话机上有个小灯闪呀闪的，她生平没用过这种电话，不禁对着那电话机发起呆来，萧彬淡然一笑：

"这是第五号电话，你要先按下五号的白键，才能接通。"

"哦!"她按了键,脸微微一红,好一个有能力的秘书小姐,连接电话都不会!她避开他那带点嘲弄的眼光,把电话机按在耳朵上。"这儿是达远贸易公司董事长室,请问您找哪一位?"她清脆地问。"我……我……我找董事长!"对方是一个女性,语气颤抖而带着哭音,声音却又柔又嫩又细致。

她怔了怔,这电话来得颇为怪异!

"请问您是哪一位?"她很"秘书"地问。

"我……我是祝采薇呀!"对方略惊愕又略有嗔意,"你是新来的秘书小姐吗?""是的,是的。"她慌忙说,"请等一等!"她捂住听筒,转向萧彬:"有位名叫卓采梅的小姐找你,她好像在哭呢!"

"卓采梅?"萧彬比她还糊涂,皱起眉头寻思,忽然恍然大悟,他接过了听筒,对她说:"这是第一课,祝采薇,庆祝的祝,蔷薇的薇,记清这个名字,她是我的儿媳妇,也是全家的宠儿。现在,你出去吧,明天早上九点来上班!去吧,我要和她谈谈!""谢谢!"她微笑弯腰,很快地转过身子,翩然地走出房间,她知道,最好不要介入董事长的家务事。

走出董事长室,她长长地松了口气,外面是间会客室,然后有条走廊,两边分别是办公厅,都是高级职员的办公室,什么总经理室、副总经理室、外销科长室、内销科长室等等，当然，最靠近董事长室的，是一间董事长秘书室，至于总经理副总经理，几乎都有秘书室。夏迎蓝抽了口气，真没想到，自己居然也挤入这个台北名企业家的公司里来了。她径直走向楼梯，这栋大厦全是萧家的产业，一楼二楼在经营建筑公司，三四五六七八楼分别是达远周边公司的办公室，九楼十楼就全是达远贸易公司的了。九楼是大办公厅，大约有好几百的员工在办公，十楼就是高级职员和董事长室了。

她按了电梯的按钮，电梯从一楼往上爬，她抱了抱皮包，心情喜悦而激动，等待着电梯的来到。电梯到了，里面出来了几个手抱卷宗的职员，分别去找他们的上司了。她走进电梯，正要按钮，有个职员不知道打哪个房间里冒出来，对着这边大喊："电梯！等人！"她本能地按住10号钮，心里有些模糊的好笑，那人喊"电梯，等人！"实在有些滑稽，好像电梯能听人说话似的。她等着，那人冲进来了，手里抱着一大堆的文件卷宗，额上冒着汗珠，一走进门，就叽里咕噜地说：

"这也不对，那也不对，这些经理老祖宗真会折腾人！"

她看看这位"同事"，不禁怔了怔，好一张年轻的脸庞！浓眉、大眼、棕褐色的皮肤，一八〇以上的身高，简直像个电影明星，不去演电影，跑来这儿抱文件，实在是浪费天然资源！她瞪他，发现他也在瞪她。

"喂，"她先开口，"去几楼？"

"你去几楼？"他反问。

"一楼。""那么，我也去一楼。"

她看了看他手中的卷宗。

"你下班了？"她问。"没有呀！才上午十一点，怎么能下班？"

"那么，你去一楼干什么？"

"送你呀！"他坦率地瞪大眼睛，"我是交际科科长，有客必送。""哦，"她失笑了，"我不是客。"

"当然，你是董事长新聘的女秘书，对于董事长的女秘书，我也有义务送一送。""噢，"她扬扬睫毛，"你怎么知道我被聘用了？"

"我看过所有应征者的照片，你最漂亮。不过，我没想到你比照片还漂亮，当然，你录取了！是吗？"

"嗯。"她答应着，心里有些不安起来，"你是不是在暗示我，董事长很……很……""好色？"他代她答了出来，爽朗而明快，"这不是他的缺点，这是所有男人的缺点！你不用顾虑这个，他只是喜欢漂亮女孩，不会动歪脑筋。"

"你怎么知道？""我知道。"他正色点点头。

"你跟了他很久吗？""嗯，很久了。""你看来还很年轻呀！"

他耸耸肩，笑笑，眼睛很黑，牙齿很白。黑人牙膏真可以找他拍广告！她想着，电梯停了。

她走出这幢"达远大厦"，那交际科科长也跟出了大厦，双目炯炯地看了她一会儿。

"告诉我一件事，"她好奇地开口，"你知不知道我前任秘书怎样了？""肚子大了，不干了！"

"噢！"她吓了一跳。"别紧张，她结了婚，当然会有小孩。"

"哦，我以为董事长只用未婚小姐。"

"本来是未婚，干了一年就结婚了，嫁给董事长的弟弟当续弦。""很美吗？"她问。"当然。董事长选秘书一定要选漂亮的！他说，早上来上班，如果面对一张夜叉脸，会让人工作情绪降低，你不知道，再前一任的秘书才真漂亮，一进公司让所有男职员眼睛发直……"他打量她，从头看到脚，叹了口气，非常惋惜似的，"坦白说，你虽然漂亮，和她一比，就比下去了。"

"哦！"她咬咬嘴唇，"现在呢？她去哪儿了？"

"当然也结婚了，女人最后都走这条路！她现在是董事长的儿媳妇！""啊！"她惊讶地低呼了一声，忽然想起刚刚接过的那个电话，"她姓卓……不不！是祝，祝采薇，是吗？"

"哇！"这回轮到他来惊讶了，"你认识？"

她摇摇头，却故作神秘地抿了抿嘴角。

"要当董事长的私人秘书，当然要了解他的私人状况和家庭情形。""你都知道了吗？"他惊奇地问。

"不，"她坦率地说了，"一无所知。"

他笑了起来，再度上上下下地打量她，眼中似乎含着某种深意，这注视使她不安了。

"你在看什么？""看——你将来会成为董事长的什么人！"

"你——"她挑起眉毛，恼怒地跺了跺脚，有种被侮辱了的感觉，"你把人看得太扁了！我保证，我只当女秘书，决不会嫁给董事长的任何人！"

"别说得太早了，一连三任的女秘书，都成了萧家人，你——大概也注定了！""我跟你赌！"她急切地说。"赌什么？"他眼光深沉。"我赌你三年之内，会嫁到萧家去！""决不会！"她斩钉截铁。"我跟你赌定了！"

"赌注是什么呢？""你说什么就什么。"她慷慨而坚决。

"我说——"他拉长了声音，"赌注是你和我！"

"怎么说？"她困惑地扬起睫毛。

"你输了，你嫁给我！"他说得一本正经，"我输了，我娶你！"她脑筋转了转，顿时满脸绯红。瞪着他，她怒形于色。气得脑中昏昏的，真大胆啦，台北的男人！这科长和她不过是第一次见面，竟轻薄如此！不知道达远的其他科长、组长、经理……又会怎样？她越想越气，咬紧了牙根，她从齿缝里迸出一句话："做你的大头梦！""哦？"他神情忧郁，眼底有抹受伤的神色。"你以为我在讨你便宜？"他问，"唉！你错了，这是一种恭维，一种从心底里冒出来的恭维。""怎么呢？"她又被弄糊涂了，睁大眼睛看他，忽然发现他有种超越他外形的成熟和某种悲哀，这神色使她大为困惑，他有股独特的吸引力，那眼神，那嘴角，那轻蹙的眉梢，和那沉甸甸压在手腕上的大沓卷宗……

"有几个人在第一次见面就会说这种话？"他问，语气落寞，"你不必生气，不必觉得受了欺侮，我看过你所有的资料，你每次来应试，我都在注意你，从没见过比你更优秀的女孩。我曾经希望你别被董事长选中，可是，也知道你必然会被他选中。你以为电梯里是巧遇吗？不，我是有意等在那儿的。你瞧！"他耸耸肩，"我都招了，我想，一个小科长是不会引起你的注意的……"他转身往大厦中走去。

她呆了呆，困惑中更加困惑，蓦然，她又有另一种被侮辱的感觉了。"喂喂，"她胡乱地喊着，"你别走！"

他站住，慢吞吞地回过头来。

"你的意思是说，我是个势利鬼？"她问。

"我没说。"他闷闷不乐的。

"唔。"她吸了口气，眯起眼睛看看他，被他的忧郁和落寞打动了。"你叫什么名字？"她温柔地问。

"大家都叫我阿奇，你也叫我阿奇吧！"

"阿奇？"她皱皱眉梢，"怎么这么古怪，听起来像'阿嚏'，你又不是七矮人里的喷嚏！"

他忍不住笑了。这笑容将他的落寞扫走了一半。

"从没有人这么说过，"他说，"奇怪，我在家里大家这么叫我，在学校大家也这么叫我，上班后大家还是这么叫我。喷嚏，哦，我懂了，我渺小得像个喷嚏！"

"少胡说！"她有些生气地噘噘嘴，"你这人犯了种病，叫'自怜症'，你应该去看心理科医生！"

他的笑容倏然消失。"你说我心理变态？"他阴沉地问。"是！"她掀掀眉毛，"你年纪轻轻，当到科长，你还要怎么样？"他盯着她，用舌头润了润嘴唇，慢吞吞地开了口："我骗你的。达远根本没有交际科，也轮不到我当科长，我只是个送文件的工人。"

"哦？"她惊讶地睁大眼睛。

"现在，你该轻视我了吧？"他小心翼翼地问，观望着她的神情。"不不不！"她急促地说，"当工人也不可耻，我告诉你，我初中毕业的暑假，还去冰果店当过小妹呢！"

"你在安慰我？""不不！"她更急促、热心、坦率地看着他，"我是说真话。你不要丧气，不要这么没信心，你一表人才，又漂亮，又帅，又能言善道，我相信，你还是很能干的。你这种人，不会被埋没，总有出人头地的一天！"

他的脸蓦地涨红了，一层羞愧、尴尬和得意混合起来的复杂表情，闪过了他那黝黑的眼珠。他似乎被她赞美得狼狈起来了，仓促地，他转身就往大厦跑，一面跑，一面很快地说了几句："谢谢你的赞美，我怕我会骨头一轻，就像气球一样飘到天上去了。所以，我走了！"

他钻进了大厦，很快地消失了。

夏迎蓝站在路边，仍然望着他的背影发呆。阿奇，多怪的称呼，怎么会有科长被称呼为"阿奇"呢？她早该知道他不是科长的！她摇摇头，摇掉了阿奇，又想起了那双鬓斑白、眼神锐利的董事长，和她获得工作的经过……哎哎，这是多刺激的一个早上呀！她要回去，她要迫不及待地告诉李韶青！有关董事长、卓采梅……不不，祝采薇……还有阿奇！

她兴奋地招招手，叫住一辆计程车。

整个晚上，夏迎蓝和李韶青就叽叽咕咕地说个没完。李韶青不算非常漂亮，但她有极好的身段，有一六五厘米的身高，她又很懂得化妆，穿上中华的制服——旗袍，就别说有多动人。因此，总公司几度想游说她当空中小姐，她就是不肯，怕高，怕晕机，怕端着盘子摔跤。她和迎蓝在学校里就是无话不谈的好友，她先毕业，来台北找到工作，才费尽口舌，说服了迎蓝的父母，把迎蓝也弄到台北来了。

现在，她们躺在床上，韶青听着她又说又盖，那萧彬被描绘得像个国王，阿奇却像个中古时落魄的武士，听着听着，她就笑了起来。"迎蓝，你知道你很会夸张吗？"

"不夸张，"迎蓝说，"绝对不夸张。"

"你呀，"韶青翻了个身，用手拨弄迎蓝额前新长出来的短发，"你爱看电影，爱看小说，喜欢把人生每一件事，都弄得很戏剧化。事实上，你去应征，考试，面试，然后见董事长，录取了。然后有个小职员想对你好，殷勤送下楼来，就这么简单的一回事。被你说得像个传奇故事，一会儿是科长，一会儿又变成工人。我打赌——他在和你开玩笑！""打赌？"迎蓝转着眼珠，又想起和阿奇的"赌"来。"你看这个傻蛋，他说如果他输了，他就娶我。多不通！如果他输了，我不早就嫁给萧家人了吗？他还怎么娶我？哎呀哎呀，"她恍然大悟，"他大概从头到尾在拿我开玩笑呢！等着瞧吧，再遇到他的时候，我非整他一下不可！你不知道当时情况，他一会儿嘻嘻哈哈，一会儿就变得又悲哀又沮丧……"

"迎蓝！"韶青柔声叫，"你没有对他一见钟情吧？"

"胡说！"她一愣，"怎么可能？我从不相信一见钟情这种鬼话！爱情是需要时间一点一滴来培养的！"

"可是，整晚你都在谈阿奇，他多漂亮，像电影明星；他多滑稽，叫电梯等人；他多可恶，开你玩笑！"

"噢！"迎蓝翻了个身，不安地扭了扭身子，"我只是觉得他很怪异而已。""'怪异'两个字包括很多东西呵!"韶青笑着说,"最起码,他引起了你的注意。""引起我注意的事才多呢!"

"例如……""例如那前三任女秘书都嫁进了萧家,例如那祝采薇会哭着去打电话给公公……喂,"她一翻身又面对韶青,大眼睛睁得骨碌滚圆,"你看,可不可能祝采薇爱的是萧彬,而不是那儿子……""哎哎哎!"韶青喊,"你编故事吧!大可编得再复杂一点!"

"我不是编故事!"她一本正经,"我告诉你,那萧家一定有很多故事,我跟你赌!"

"又来了!"韶青笑,"动不动就要跟人赌,总有一天赌输了,把自己输给别人当老婆!"

"你说,你说,你说!"迎蓝伸出手去,在韶青腋下和腰间一阵乱搔,韶青笑得满床打滚,气都喘不过来了。一面笑,一面开始反击,也搔了过去,这下轮到迎蓝在满床翻滚,大笑不已了。两人都笑得披头散发,床单睡衣全皱成了一团。两人闹够了,闹累了,这才起床,重新整理被单,抚平枕头,精疲力竭地躺了回去。"不闹了,"韶青说,"你明天要开始上班,上班第一天最累,早些睡吧!""是。"迎蓝躺在床上,合上眼睛,忍不住又开了口,"韶青,你那个驾驶员怎么样了?"

韶青转过身子,紧闭了一下眼睛。

"别提,迎蓝,我不想谈。"

"唉!"迎蓝轻叹了一声,"如果他跟太太离了婚,你肯嫁他吗?""我说了,我不想谈。"韶青眼睛闭得更紧,睫毛慢慢地湿了。"好,不谈了。"迎蓝也翻了一个身,和韶青背对背地躺着。迎蓝关掉了床头灯,眼睛仍然睁着,半晌,她才叽咕了一句话,"我真不知道三年后,或者五年后,我们会是什么局面。未来,是每个人必须面对的神秘。我真想拿一面镜子,看到我们每个人的未来!"韶青没有接话,她睡了。迎蓝想着她和那个驾驶员,那段无望的爱情,人类怎么总发生类似的事情,"相见恨晚",自古就有的成语,既然命定相见,为何要"恨晚"?她想得迷迷蒙蒙,终于睡着了。梦中,她看到自己披着白纱,走向结婚礼堂,是董事长牵着她的手,把她送给新郎,新郎是谁?她努力想看清楚,只看到新郎的背上,有个闪闪发光的"萧"字,她惊惶回头,一眼就接触到阿奇的怒目而视,那眼睛里盛满了仇恨,盛满了悲哀,盛满了落寞,还……盛满了鄙视……她大大一震,就从梦中惊醒了。她全身都是汗,睁开眼睛,她看到天色已经蒙蒙发亮了。

上班之后,她很快就忘记了昨夜的梦。这是一个忙碌而紧张的上午,她首先必须认识公司里的高级职员,于是,张总经理、李副总经理、会计处沈处长、赵处长、何处长……以至每科科长。她仔细观察,确实,就没看到什么交际科。倒有个人事科,科长姓龚,是个身材矮胖、头顶全秃,笑起来像弥勒佛的好好先生。绝不是那个高大、英爽、浓眉大眼的年轻人。整个上午，在拜会握手中结束，因为没去楼下的大办公厅，她也没见到阿奇。下午，她又忙着了解自己的工作，和公司的工作情况，这才知道，达远的进出口不过是许多公司中的一项，但它庞大的营业范围内包括许多生产方面的卫星公司，例如建材公司、水泥公司、建筑公司、纺织加工，还有个手工艺品公司和玉石公司。出产的东西，外销内销都有，几乎都集中到达远来处理。所以，达远最忙碌的一处是会计处，无数的会计师，无数的外务员。

下午，也这么忙忙碌碌地过去了，接了许多电话，看了许多上一任秘书留下的工作和待复的信件，她把自己能力所及的优先处理掉，忙得晕头转向，最后，快下班的时间，她才捧着一沓需要董事长亲自签名的信件，送到董事长面前去。

萧彬已经准备离开了，看到她进来，就重新坐下，他很仔细地阅读了一遍她的回信，抬头略带惊奇地看她。

"你比我预期的还好，我想，你绝对可以胜任这份工作。"他拿起笔来签名，再抬头看她，"今天很累，是吗？这是因为你对工作环境太不熟悉的原因。等你上了轨道，你会发现这工作还很轻松。""我听说——"她没经思索，冲口而出，"你的秘书都干不长。"他掀起眉毛，近视眼镜后面的眼光变得十分锐利。

"一个好秘书，最开始要学的，就是不道听途说。"

他的声音有些冷峻。"我没道听途说，是有人成心要告诉我！"她本能地自卫起来。"是谁？"他皱着眉问。

她几乎供出了阿奇，但是，脑筋一转，她觉得必须保护阿奇了。笑了笑，她说："一个好秘书，第二件要学的，是不向老板打小报告。"

萧彬瞪了她几秒钟，接着，嘴角一卷，就笑了起来，边笑边说："好好，不错，不错！最起码，我碰到一个能和我针锋相对的人了。不过，记好，别养成习惯！"

她笑着接过信件，转身退出，她知道，萧彬给她留了面子，也暗示她不可忘记自己的身份。秘书秘书，什么叫秘书？一个高级女佣而已，她有些悲哀起来。

整天，阿奇就没露过面，第二天也没有，第三天也没有。而且，也没有什么"怪异"的事发生。她居然有些若有所失。那么大的办公厅，大家虽然同楼办公，见不到面却是很普通的事。她发现她几乎和同楼的几位经理，碰面的机会也不多。

第四天早上，她终于见到了阿奇。

她上班很早，老板和经理几乎都没来，她在整理办公桌，把裁纸刀、胶纸、订书机等应用器具整齐地排列在桌上，她正低头忙着，一声门响，阿奇就闯了进来。

他的头发乱蓬蓬的，眼神却神采奕奕地闪着光。一件很随便的米色衬衫，下面是条已经洗得褪了色的牛仔裤。不知怎的，他越是穿得简单，越显得出他本人的英爽。他很快地走近她，说："中午下班后，我请你吃午饭！好不好？"

"好！"她答得爽气，"你这几天躲到哪里去了？"

"我没躲，"他拉长了脸，一副苦相，"我在楼下，你在楼上，你属于董事长级，我只是个起码级，要见你一面，比登天还难！""别胡说！"她轻叱着，"大家是同事，还分什么等级！"

他耸耸肩。"小姐，"他嘲讽地说，"你对人情世故了解得太少了！你天真得还像个中学生。"门外传来电梯的声音，阿奇惊跳起来。

"不行！我要溜了，给董事长发现我在这儿，我就会被炒鱿鱼了。"他冲到门边，打开一条缝，对外张望一下，回头又抛下一句，"十二点整在大门口等你！"

他打开门，匆匆忙忙地跑了。几乎是立即，迎蓝桌上的叫人铃响了。她马上走去敲了敲董事长的门。

"进来！"她走进去，萧彬眼光灼灼地盯着她。

"刚刚是谁在你房间里鬼鬼祟祟？"

反感立刻就抓住了她。她有些懂得阿奇所说的"等级"观了。尤其，那"鬼鬼祟祟"四个字，实在是很刺耳。

"没有人在我那儿'鬼鬼祟祟'，"她抗拒地说，"是楼下一位职员来随便谈谈。""楼下的职员？"他很敏感，"叫什么名字？"

"不知道！"她更反感，"我相信，即使我知道名字，你也不会知道这名字是谁，你的职员实在太多了！"

他看了她一会儿。"你在暗示我不关心他们吗？"

"我没暗示什么，我只是说事实。"她迎视着他的目光忽然说，"你知道王立权吗？"

"王立权？"萧彬愣了愣，"他是我的职员吗？"

"他不是吗？"她反问，挑战似的看着他。

"王立权，王立权……"萧彬沉思着，努力搜寻记忆，"很熟的名字，哦，我想起来了，是楼下大办公厅里的人！"

"在哪一科呢？"她继续问，像个考试官。

第二章

"在……在……在……"萧彬想不出来，突然恼羞成怒了，他蓦地抬起头，垮下脸，皱起眉，很威严地说，"你在干什么？考我吗？我凭什么该知道王立权在哪一科？我的公司加起来，职员工人有好几万，我还得知道他们的出身、名字，和所属科组吗？你去办公吧，不要没事找事了！"

她咬住嘴唇，受伤的感觉又把她包围了，她转过身子，一语不发地往外走，心里想：这就是董事长，他的权力是，答不出问题可以骂人。"没事找事"是她找他的事呢，还是他找她的事？她越想越委屈，眼睛就红了，她走到门口，正要转门柄，身后忽然传来一个柔和的声音：

"等一下。"她站住，用手背很快地擦了擦眼角。

"你没哭吧？"他的语气变得很温和。

"没有！"她倔强地回答，迅速地转身，抬起那湿润润的睫毛，勇敢地看着他。他仔细注视了一下她的眼睛。

"出来做事，不像在家里，"他关怀地、安慰地，几乎带点歉意，"总要受点小委屈，嗯？"

她不答，沉默地站着。面无表情。

"现在，请你告诉我一件事。"

她被他的低声下气打动了，脸上的冰在融解。她闪了闪睫毛，被动地问："什么事？""那个王立权，到底在哪一科？"

她呆了呆，脸红了。"不在任何一科，"她轻声说，嘴角往上翘了翘，想笑了，声音轻得像蚊虫，"那是我顺口胡诌的名字，我想，公司里不会有这么一个人！"

他睁大眼睛，瞪着她，那样满面惊愕和不相信的表情，使她顿时提高了警觉，玩笑开得太大了，在他又"恼羞成怒"之前，还是先走为妙。她飞快地点了点头，飞快地打开房门，飞快地说了句："我还有好多事，我去办公了。"

她飞快地走出去，飞快地关上门，又飞快地钻进秘书室去了。整个上午她都很担心，怕萧彬找她麻烦。但是，一切都风平浪静，萧彬什么麻烦也没找，当有必需的时候，她拿文件进去，他也只是用一种若有所思的眼光看着她，那眼光很深沉、很"怪异"。终于到了中午下班的一刻，她略微收拾了一下，就跑了出去。阿奇果然在大厦门口等着她，他拉住她的手腕，把她一下子就拉得远远的，离开了那些同时间下班的职员的视线，他们默默地走了一段，他才问："想吃什么？"她看看他乱糟糟的头发，再看看那条已褪色的牛仔裤。她知道"生活艰难"的滋味。

"吃牛肉面！"她说。他很敏感地注视她。"你不是在帮我省钱吧？"他怀疑地问，"我请得起你吃牛排。""中午吃牛排？"她大惊小怪的，"你少驴了！你不晓得女孩子怕胖吗？我只想吃牛肉面！""好！"他轻快地耸耸肩，"牛肉面，咱们去川味牛肉面馆，转角就有一家，很有名呢！"

于是，他们去了牛肉面馆，在一个角落上的雅座中坐下来，他点了牛肉面、粉蒸排骨、油饼，和一些小菜，点完了，他才问她："你吃不吃辣呀？""吃！"她急忙点头，"很爱吃呢！"

"是的，我应该猜到。"他笑了，一对眼睛黑得发亮，"你的脾气里就有辣味，闻都闻得出来！"

她也笑了，说："好鼻子，嗅觉灵敏！"

"哇！"他叫，"你在骂我是狗！"

"谁说的？"她睁大眼睛，"我骂了吗？"

"你骂了！"他紧紧地盯住她，"你的眼睛在骂，你的笑容也在骂！""唔！"她哼了哼，"不只嗅觉好，眼力也不错！"

"好！"他再叫，"你又骂我是猫！"

她用手掩住嘴，笑不可抑。

"你这人真怪，"她边笑边说，"怎么别人每说一句话，你就当作是骂你呢！""我有毛病，该看心理科医生！其实，"他脸色一变，正色说，"我真的看过心理科医生。"

"哦？"她注视他，"为了什么？"

"就为了我的嗅觉、视觉和听觉的问题，别人看不见的我都看得见，别人听不到的我都听得到，别人闻不到的我也闻得到，例如——"他深抽了口气，"你很香，可惜我说不出香水的名字，穷小子对这方面比较孤陋寡闻。"

"错了！"她胜利地喊，"我从不用香水！"

"嘘！低声一点，"他神秘地说，"如果我连这份超人的嗅觉能力都成了问题，我会更自卑了。"

她怀疑地瞅着他。"你到底有没有说正经话的时候？"她问，"你从一开始就和我乱盖，我现在根本弄不清楚你什么时候说真话，什么时候说假话！老实说，我本来想再见到你的时候，要好好整你一下。""是吗？"他认真地盯着她。"怪不得……"他咽住了。

"怪不得什么？"她忍不住追问。

"怪不得我这几天心神不宁、茶饭不思，上班的时候尽做错事，一心一意想往十楼跑……原来是你在整我！"

她扬着眉毛，瞅着他，又好气，又好笑。但，在好气与好笑的感觉外，还有种暖洋洋的感觉。像被一层温暖的海浪柔柔地托住，轻飘飘的。"能不能谈点正经的？"她想板脸，不知怎么，就是板不起来，笑意不受控制地从她眼角唇边满溢出来。

"好。"他回答，目不转睛地凝视她。

"告诉你，"她找话题，"你早上来我办公室，害我被董事长剋了一顿！"他吃了一惊，面容严肃了。

"他骂你了吗？他又没看到我，我溜得好快！"

"他听到了，他的耳朵也很灵。""哦，他怎么剋你？"她把去董事长室的经过重复了一遍，在她的叙述中，她看到他不住地忍笑，最后，当她说出没有王立权其人时，他竟忍不住大笑特笑起来。笑得那么由衷的欢愉，那么满脸的阳光，那么精神焕发而神采飞扬……再没有忧郁，再没有落寞，再没有消沉和自卑……老天哩！她心中暗暗惊叹着，他是多么具有吸引力啊！牛肉面送来了。他终于止住了笑，眼睛亮晶晶地盯着她，然后，他叹了口气，低下头去。乌云蓦然飞来，他望着面碗发呆。"怎么了？"她问。"哦，"他如梦方醒，抬起头来对她勉强一笑，很快地说，"没事，没事，我只是觉得……"他摇摇头，"不说了，你会生气！""不生气，"她慌忙说，"保证不生气，我最怕别人说话说一半。""我觉得……"他正经地凝视她，低叹着，"我已经太喜欢你了！"她的脸发烫，低下头去，她一心一意地吃面，好像饿得什么似的。她不敢抬眼看他，只是埋头猛吃，好不容易把一碗面吃完了，她偷偷地抬眼一看，他居然和刚才一样，一瞬也不瞬地盯着她，他面前的牛肉面，完全没有动。

"你怎么了？"她扭捏起来，脸更红了，眼睛也水汪汪了。"你吃面呀！""我……不饿。"他低声说，仍然盯着她。"告诉我一些你的事。"她柔声说，在他那热烈而专注的凝视下，觉得心跳都不规则了。"你瞧，"她用舌头润润嘴唇，"我对你的了解那么少，连你姓什么都不知道，你是哪里人？你住哪里？你家在什么地方？你的全名是什么？总没有人姓阿名奇的！"他惊跳了一下，面容立刻又变得古怪起来。他不再盯着她了，他注视着面碗，状如痴呆。

"我不想谈我自己。"他机械化地说。

"为什么？"她的声音更柔和了。"你依然认为我是势利的、崇拜权势的人？阿奇，"她轻声说，"不管你是什么出身，我都不嫌你。""不管什么出身吗？""是的，不管。"她坚决地点头。

他鼓起勇气来，抬眼看她。

"那么，我告诉你，起初，一切都很平凡，我父母双全，有一个哥哥，我是家里的小儿子，我哥哥很优秀……"他停止了，痴痴地看着她。"说呀！后来发生了什么变故吗？你家败了？破产了？还是发生了……更糟的事？"

他猛地把头一摇。"我不说了！"他重重地吸气，眼光里涌起一抹乞求的神情，他几乎是痛苦地开了口，"你肯不肯不盘问我的过去和家世，只跟我交朋友？如果你一定要问，我会……逃开，逃得远远的！"她瞅了他好一会儿。然后，她伸出手去，温柔地把手压在他那放在桌面的手上，她觉得他的手颤抖了一下，她安慰地、鼓励地说："我不再问你，我喜欢和你交朋友。"

"那么，明天中午，我们还一起吃饭？"

"可以。"她点点头。他再瞅着她，诚恳地点点头：

"总有一天，我会把一切都告诉你！"

她摇摇头，微笑着："不必勉强，我反正做最坏的想法。"

"哦，"他哽了哽，"例如？"

"例如——你杀过人，你是逃犯，你晚上裹条毛巾睡在火车站……你根本无父无母无兄无弟……你是孤儿，半流浪似的长大，可能偷过、抢过……"

他看她，面部肌肉微微痉挛，嘴角紧闭成一条线。

"真没想到，你有那么好的想象力。"他终于说，"你还漏了一件事：我吸毒！""什么？"她一震，"真的吗？"

"当然是假的。我强奸过三个女孩！"

"什么?"她又一震,"真的吗?"

"当然是假的!我只是在帮你想那些'最坏'的事。唉!"他叹气摇头,"夏迎蓝,夏迎蓝!"他沉吟地说:"你太纯洁了!你太嫩了,你太天真了,你对于'坏事'也了解得太少了!所以,不要为我去绞你的脑汁吧!"他看看表,"时间真讨厌,是不是?""怎么?""你该去上班了,我也该去上班了!"

"你在哪一科?"她忽然问。

"不属于公司正式编制,我属于每科都可以调用的人员。甚至于,我连办公桌都没有一张,我总是跑来跑去。"

"有这种人员吗?"她怀疑了。

"看样子,你对公司了解得还不够深!你最好去问问你那位董事长,有没有我这种人?"

"阿奇,"她怔怔地说,"我怀疑一件事!"

"什么事?""我想……我想……你大概根本不是达远的人!这附近全是办公大楼,有几百个公司,你根本不知道是哪家公司的!"

"哗!"他叫,脸涨红了。他付账,拉着她走出餐馆,笑意又飞上了眉梢:"这回,猜得有点谱了,说不定我还是哪家公司的董事长呢!"她对他从头到脚看了一遍。

"那可不像!"她说。"人不可貌相哟!"他的兴致又高了,"你是我遇到过的人里面最会幻想的!""你是我遇到过的人里面最神秘的。"

走进了大厦，他把她送到电梯口：

"我还要去办点事！明天中午见！幻想小姐！"

她愣了愣，他不上楼？为什么？她不想了，对他点头微笑，她答了一句："好，明天中午见，神秘先生！"

就这样，连续无数个中午，她都和阿奇一起度过，他们不只吃了牛肉面，几乎吃遍了附近所有的餐馆。阿奇对他自己仍然谈得很少，迎蓝也下定决心不追问他。可是，她发觉他常在付账时略有困窘，他的服装也越来越名士派，她就经常抢着付账了。他也不和她争，大大方方地让她付。她是更加欣赏他了，欣赏他的幽默，欣赏他的对话，欣赏他的反应，更欣赏他那深深沉沉长长久久浑忘天地的注视。阿奇，啊，阿奇！她内心深处，总有那么个声音在低呼着这个名字，好像这名字已经用熨斗熨在她心脏上一般，挥之不去，抹之不去，就连上班时，这名字也在她心脏上熨帖地潜伏着。

另一方面，她的秘书工作已进入轨道，正像萧彬说的，并不过分忙碌。她最困难的一件工作，是分辨他的客人的重要性和预排时间。往往，萧彬会有些不速之客闯上门来，例如，萧彬的太太就来过一次。迎蓝曾经认为，老板的太太一定架子很大，一定很难侍候，谁知全然不同。那是个贵妇人，集雍容华贵、安详慈蔼于一身。她虽然已不年轻，却依旧动人，风度翩翩，举止优雅，谈吐更是柔和慈祥而善解人意。迎蓝见到她的那天，萧彬正在房内和一个重要外商决定一笔大生意，所以萧太太就在秘书室待了很久。她始终用一种温柔的微笑注视着她，亲切地和她谈天，一点也没给她增加负担与压力。"迎蓝，"她直呼她的名字，亲切得就像是她的姨妈或姑妈，"我听萧彬常常谈到你，早就知道你聪明伶俐，可是，真没想到你还这么小，这么纯，这么安静……"

"我不安静，"她脱口而出，"董事长总是警告我，不要忘了自己的身份。""他会这样说吗？"萧太太有些惊愕，很认真的惊愕，"他真的警告你吗？"迎蓝歪着头想想，笑了。

"不，只有暗示。"萧太太很有趣地注视她，唇边浮着笑容。

"你不只聪明，而且很敏感！其实，当秘书并不坏，你等于是董事长的左右手。你知道吗？"她忽然笑了，眼睛里蒙上一层美丽的光彩，面颊上也绽放着一层淡淡的红晕。老天！迎蓝暗想，她年轻时一定美得"要命"！"我的名字叫徐海屏，很多年很多年以前，我是萧彬的第一任秘书！"

"哦！"迎蓝吃了一惊，睁大眼睛注视她。

"那时候，整个公司只有一间八个榻榻米大的办公厅，所有的职员，连我只有三个人。"她调过眼光来看她，微笑得更甜了，"好好干，迎蓝，萧彬不是那种古板、爱摆架子的老板，他还很有人情味。至今，他并没有忘记他艰苦奋斗、三餐不继的日子，所以他特别爱帮助穷苦的、自食其力的年轻人！不只帮助，他几乎有些崇拜这种人，这是自我欣赏的移情作用。"

她心里一动，看着这老板娘，想起了阿奇。不知道萧彬肯不肯提拔阿奇？她打赌，阿奇如果真是达远的人，萧彬也不会记得这名字。于是，几天以后，她向萧彬很自然地提起了阿奇。

"董事长，你认得一位名叫阿奇的人吗？"

"阿奇？"萧彬似乎吓了一跳，但是，他立刻就恢复了镇定，歪着脑袋沉思，然后反问，"是不是一个不修边幅，年纪很轻，整天吊儿郎当，晃来晃去的家伙！"

迎蓝的脸涨红了，一来因为董事长确实知道此人，二来由于他对阿奇那些"不公平"的评语。

"就算是他吧！"她哼着说，"他在哪一科？"

萧彬皱起眉头："怎么，你又来考我了？"

"不是，"她慌忙接话，脸更红了，"我只是好奇，想弄弄清楚。""他……"萧彬深思着，"他好像是周边的人。"

"周边？"她有些糊涂。

"不属于达远的人事编制里，不过，常被达远调用，那家伙有他某方面的能干，只是定不下心来做事。"

"哦？"迎蓝心中一松，原来阿奇跟她说的是真话！

她正想代"阿奇"求求情，却发现萧彬眼光锐利地盯着她，似乎要看透她，看到她内心深处去，连她心脏上熨帖的字迹都看到了。"你好像和阿奇很熟？"他尖锐地问，"当心，你涉世未深，不要随便和男孩子交朋友！"

她的"反感"顿时发作，像刺猬般竖起了浑身的刺。

"我交朋友不在秘书戒条之内吧！"

"当然不在。"萧彬仍然紧盯她，眼神里竟闪着两小簇嘲讽的光芒。"你爱上他了吗？"他一针见血地问。

"不干你的事！"她哼着，转身要走。

"你不觉得发展得太快了吗？"萧彬在她身后说，"我奉劝你眼睛睁大一点，要对人看清楚一些！"

她倏然回头："你的意思是说，那男孩子是个坏蛋！"

他转过身子去，点燃一支烟，慢吞吞地抽烟，吐烟，他的脸罩在烟雾底下："我永远不会这么说！"

"你心里在这么说！"她任性地顶嘴。

"喀！"他清了一下喉咙，"你还有事要报告吗？"

这就是"逐客令"，也就是"出去"两个字的代名词。她微微弯腰，退出房间。心里在愤愤不平。第二天中午，她仍然和阿奇吃饭，对这件事，她却只字不提，她怕更加伤害了他的自尊，也怕泄露了自己的感情。"要对人看清楚一些"，萧彬的这句话，已不知不觉地印在她脑海中，她那天特别对阿奇从头到脚地"看清楚"，看了不知道多少遍，看得阿奇浑身不安了。"喂，喂，"他喊，

"我头发上有毛毛虫吗？"

她笑了："没有，你的头发有点自然卷，像卷毛狗。"

"你是不是爱护动物协会会长？"他惊奇地问。"怎么？""你好像对于狗啦、猫啦，特别感兴趣。"

"哼，"她哼了哼，"我倒希望你是只狗或者猫！"

"怎么？""我就——不会受到注意了！"

"你——"他微微一震，"受到谁的注意了？"

"唔，"她摇摇头，"事实上没有。只是有人警告我要认清楚你！""哦！"他不安地在椅子上蠕动着，"那警告你的人可能自己对你有野心！"她睁大眼睛看他，想起萧彬，想起萧太太，不！不会。她摇摇头，又想起"女秘书"的奇妙地位，萧彬娶了第一任女秘书，前三任的女秘书又都嫁到萧家……那萧家也真奇怪，别人收集邮票，收集蝴蝶，收集古董……他们家却收集女秘书！

这天中午，她说的话很少。他也反常地沉默，总是若有所思地瞪着她，又若有所思地在点菜纸上，用原子笔有意无意地写字，她伸头去看，竟是李清照的两句词：

"此情无计可消除，才下眉头，却上心头！"

她心里一震，瞪着他："你在干什么？"他的脸蓦然一红，把桌子上的字条一把揉皱了丢掉，他对着她勉强地笑了笑。"知不知道'作茧自缚'这个成语？"

"知道。""唉！"他叹口气，眼光又怪异起来，"人，常常会作茧自缚，尤其是感情事件！"她溜了他一眼，他的神情多么沉重啊！为什么呢？他的眉头锁得多紧啊，为什么呢？她多想抚平那眉峰的皱纹，多想抹掉他脸上的乌云啊！她握着茶杯，呆呆地看他，他有心事！他不再嘻嘻哈哈，不再玩世不恭，不再连珠炮似的说俏皮话……他有心事！"阿奇！"她喊了一声。

"嗯？"他抬头看她。"你在担心些什么？"他隔着桌子，握住了她的手，欲言又止。终于，他放开她，站起了身子："再说吧！"他说，"今天晚上，我送你回家好不好？我有些话，不能不对你说了！"

她模糊地涌上一阵恐惧感，自己也不知道为什么。只敏感地体会到，她和阿奇的"友谊"关系即将冲破，再迈过去的未来，可能不是光辉灿烂的阳光，而是阴云欲雨的天气。她战栗了一下，蓦然有"山雨欲来风满楼"的感觉，这使她更加困惑了。不过，即将来临的总会来，她一定要接受自己的未来，不是吗？她注视着他，笑了。

"好，晚上下班等你！如果你愿意，我要把你介绍给韶青，我和韶青常谈起你，我们背后都称呼你是'神秘的阿奇'。"

他苦笑了一下，低声自语了一句："只怕阿奇脱下那件神秘外衣，就什么都没有了。"

她没听清楚他在哼些什么，伸头去看他："你说什么？""没说什么！"他们走出餐厅，去往达远大厦。一路上，他们几乎没有交谈什么。直到分手时，他才说了句：

"五点半在大街转角处等你！"

"转角处？""是的，大门口太招摇了！你……已经是董事长面前的'红秘书'了！"他走了，她回到秘书室，心里涌满了疑惑，精神是忐忑不安的，情绪紧张得像一根拉紧了的弦。她自己也不知道在紧张些什么，脑子里一直在记挂着五点半的约会。

这天下午很漫长，但是，大约在下午三点钟，却发生了一件大大的意外。当时，董事长正在招待贵宾。她在秘书室里，准备了点心和咖啡，叫小妹送了进去，正要用电话问萧彬，需不需要她进去招呼。突然间，她觉得房门发出一声巨响，她愕然回头，秘书室的门已经被撞开了，有个横眉竖目的陌生人直冲了进来，他满脸杀气，来势汹汹，迎蓝立即意识到不妙，看来是抢劫。她本能地冲到书桌前面，拦住了当中的抽屉，因为里面有些应急的款项。同时，大声地问：

"你是谁？你要干什么？"

那人直接冲到她面前，伸头面对着她，眼睛对眼睛，鼻子对鼻子，他呼出一口气，她马上闻到一股冲鼻的酒味，原来，他还是个酒鬼！"你是新来的秘书吗？"他开了口，声音倒是清晰的，他的眼光阴沉，却有种咄咄逼人的威力。他留了满下巴的络腮胡子，穿了件T恤，肌肉结实地凸出来，他很凶恶，可是，也充满了某种男性的力量。"你叫什么名字？"他命令似的问。

"夏迎蓝。"她不由自主地回答，背上冒着凉意，怀疑他身上有带武器。"夏迎蓝！"他不屑地哼了一声。用手捏住了她的下巴，把她的头硬给抬了起来，他冷峻地看她："你预备嫁给萧家的什么人？说！"她大吃一惊，完全莫名其妙。

"我不嫁给萧家的任何人！"她说，"你放开我！你是谁？"

"不嫁给萧家的任何人？哈哈哈哈！"他纵声狂笑，笑容里充满了轻视，充满了嘲笑。"哈哈哈哈！不要让我笑破肚子，萧家专娶女秘书，你难道不知道……"

这阵混乱惊动了整个十楼，第一个冲进房间的是萧彬，第二个是总经理，然后，有更多人冲进房间来。

"住手！"萧彬大吼，因为那陌生人已快扭断了迎蓝的脖子，"你又跑来干什么？黎之伟，你找姓萧的麻烦，别找到不相干的人身上，放开她！"

那陌生人非但没有放开她，反而一把扭住了她的手腕，把她手腕用力一扭，就转到了她身后，她痛得从鼻子里吸气，眼泪都快掉出来了。然后，她觉得有一样冰冷的东西顶住了她的脖子，是把刀！是把很尖利的小刀，她已感到那皮肤上的刺痛。"你们都别过来，谁过来我就杀了她！"那人威胁地说，她的手臂又被用力一扭，更痛了。

"黎之伟，"萧彬喊着，显然有些焦灼了，"你要些什么？你明说！""我要——"那黎之伟一个字一个字咬牙切齿地说了出来，"我要——你的女秘书！"

"她没惹你吧！她根本不认识你！"萧彬急促地说。

他用力把她头发一拉，她往后仰，和他面对面了。

"现在，"那人清清楚楚地说，"请认识我，我姓黎，名字叫之伟，之乎者也的之，伟大的伟，听到了没有？听清了没有？"他再扯她的头发，她被动地仰着头，咬牙不吭气，只是瞪眼看着他，他抬起头，对萧彬咧嘴一笑："好了，她已经认识我了。我要把她带走！"

"你疯了！你喝醉了？"萧彬喊，"你敢带她走，我马上报警说你绑票！""悉听尊便！"他嘲弄地答了一句，把迎蓝的胳膊用力捏住，盯着她的眼睛："跟我走！"

"我不跟你走！"她冷静地说，奇怪自己在这种恶劣的情势下，还能如此冷静，"我不认识你，我不要跟你走，即使你用刀子，也不行。""你这个傻蛋！"他破口大骂，盯着她，"你已经飞进一张天罗地网里去了，你马上要被萧家的金钱、权势所诱惑了，然后，你就失去了你自己，你就什么都认不清了……啧啧，你以为萧家看上你的能力吗？他们只是收集美女而已！偏偏……"他的眼眶发红，目眦欲裂，"就有你们这种拜金的、下流的女人自投罗网！我要毁掉你这张脸……"他举刀在她眼睛前面飞舞，刀光闪得她睁不开眼睛。她有些怕了，相当怕了，她已没有能力来思想、来应付。那亮的刀一直在她眼前晃来晃去，擦过她的鼻子，又贴住她的面颊，她把眼睛紧紧地闭了起来。忽然，她听到一声熟悉的大吼：

"放开她！你伤了她一根汗毛，我会把你追到地狱里去！"

她睁开眼睛，立刻看到阿奇，他狂怒地冲过来，一脚就对黎之伟持刀的手踢过去。黎之伟迫不得已，甩开了她，就拿刀面对阿奇，两人迅速地展开了一场搏斗。她滚倒在地下，惊心动魄地看着这场面，情不自禁地喊：

"阿奇，小心他的刀！"

黎之伟掉头看她，咧嘴哈哈大笑。阿奇趁这个空当，扑上去抱住了他的身子，抢下了那把刀，立刻，达远的人一拥而上，把黎之伟紧紧地压住，又用一根电线，把他绑了个结结实实。阿奇马上转向了迎蓝，把她从地上扶了起来，他掀起她的衣袖，她整只胳膊都又红又肿又瘀血，他吸了口气，再去翻开她的衣领，用手指摸了一下，她这才感到脖子后面的刺痛。"他真的弄伤了你！"阿奇怒声说，跳起来就要冲向黎之伟。萧彬立即拦住了他。"你还要做什么？你没看到他喝醉了吗？事情闹成这样已经够了，不要再扩大了。阿奇，你送迎蓝去外科那儿看看，然后送她回家去休息。这边的事，由我来处理！"他抬头对所有的人说："大家都去做自己的事吧，这儿没事了。"

阿奇扶着迎蓝，看着她。

"你怎样？能走吗？""我很好。"她用手理了理凌乱的头发，惊魂甫定。她再看了一眼躺在地上的黎之伟，这一刻，他一点都不凶恶了，他脸上有种令人震撼的悲痛和愁苦。他的眼光默默无言地看着她，眼神中混合着绝望和沉痛。她从没见过这样彻底的悲哀，从没看过这样彻底的绝望，这使她震动而迷惑了。忘了他刚刚曾用刀子对付她，也忘了他怎样凶神恶煞似的扭伤她的胳膊。她觉得他像只被捕的猛兽，有种英雄末路的悲壮。这让她受不了，她走了过去，蹲下身子，开始解开那绑住他双手的电线。阿奇站在一边，默默地看着，却并不阻止她的行动。

萧彬脸上有股奇异的表情，也默默地看着。室内其他的人，都已经散了。她费力地解开了那些束缚。黎之伟从地上坐起来，斜靠在墙边喘气，一语不发地瞪着她。

她瞅了他一会儿，然后，她站起身来，走向阿奇。

"我们走吧！"阿奇像从梦中惊醒过来一般，扶着她的肩，他们走出了秘书室。走进电梯，她靠在墙上，开始感到浑身每个骨节都痛，而且头昏脑涨，心情莫名其妙地抑郁。

叫了一部计程车，他们去了外科医院，医生仔细地看了，只有一些外伤。包扎之后，他们又走出医院，叫了车，直接驶往迎蓝的公寓，一路上，迎蓝都沉默得出奇。直到走进迎蓝的房间，由于时间太早，韶青还没下班，室内只有他们两个。她倒进了沙发，这才开口：

"黎之伟是什么人？""他……"他坐在她身边，握住了她的手，深切地注视她，"他是祝采薇的爱人！""哦！"她震动了一下。

"他爱祝采薇爱得发疯，从没看过那么固执的爱。祝采薇嫁到萧家去之后，他就半疯半狂了。天天酗酒，常常跑到萧家或者是达远去闹。今天，是你倒霉，莫名其妙卷进这风暴里。"她凝视他，想着黎之伟，想着祝采薇，想着黎之伟那绝望悲痛到顶点的眼光。她没见过祝采薇，但她听过她的声音，那柔柔嫩嫩的声音，她猜，祝采薇一定柔得像水、美得像诗。她想得出神了。他紧盯着她，看着那对眼珠变得迷迷蒙蒙起来。他用手指细细地梳理她的头发，小心地不碰到她脖子上的伤口，然后，他发出一声深深的、热烈的叹息，就把她拉进了怀里。

他的嘴唇碰上了她的。她有好一阵的晕眩。那男性的胳膊环绕住了她的腰，他慢慢地仰躺在沙发上，把她的身子也拖了下来。她迷迷糊糊昏昏沉沉地接受着这个吻，已不再感到自己的存在，不再感到任何事物的存在。不再有黎之伟，不再有祝采薇，不再有达远公司……什么都没有了，只有熨帖在她心底的那个名字，随着心脏的动作，在那儿沉稳地跳动着：阿奇！阿奇！阿奇！好半晌，她恢复了神志，恢复了思想，抬起头来，她注视着那热烈的眼睛那热烈的脸，她低语：

"你不是说有事要告诉我吗？"

他围住她身子的胳膊似乎有阵痉挛。

"不，今天不要说！"她微笑起来，"随你，不过，我已经知道你是谁了。"

他大大震动，盯着她："我是谁？"

"你是公司里的秘密安全人员，所以那么神秘！"

他看了她很久很久。"怎么知道的？"他哼着问。

"你冲进房间来保护我，我就该想到了。不属于公司正式编制，随便哪一科哪一处都可以调用你，你又没职位……唉！我早该猜到了，是不是？我真笨啦！"

他更久更久地看她。"你会因为我的身份……不管什么身份……而和我疏远吗？"她看他，笑容在唇边荡漾，她坚决而沉缓地摇头，把手指压在他唇上。"别说傻话！""如果我告诉你……"他慢吞吞地说，"我已经结过婚，有太太，还有儿女呢！"她惊跳起来，脸色顿时惨白。

"不。"她说，嘴唇颤抖，"不！只有这一样，我不能接受！"

"瞧！"他悲哀地说，"你的感情依旧是有条件的！""你是吗？"她慌乱地看他，慌乱地用手攀住他的肩膀，慌乱地找寻他的眼光，"你真的结过婚吗？我不行！"她再慌乱地摇头，眼泪迅速地涌进眼眶。"我从小受的教育不允许我做这样的事，我不要伤害另一个女人，我……我……"泪珠滚下了面颊，她越想越可能是真的。她跪在沙发上，急切摸索着他的颈项。"我……从没往这方面想过……我我……我不能接受这件事！""那么，你的意思是说，你要离开我？"他问，眼神阴郁。

第三章

　　"我……"她别转头去，放开了他，用手指抓着靠垫，无意识地撕扯着那靠垫上的流苏。是的，她对他了解太少了；是的，一切进展得太快了；是的，她根本没有认清楚他……可是，要离开他，永远不见他，她只要这样一想，就觉得内心抽痛起来，从心脏一直痛到指尖。她抽了口气，蓦然间，下定决心地回过头来："阿奇，你爱我？""是。"他虔诚地说。"那么，"她再抽气，痛苦地闭上眼睛，泪珠又从眼角溢出来，她抽噎着说，"我……我宁愿当你的情妇！"

　　他大大震动，猝然间，他就把她紧拥在怀中。他的吻雨点般落在她的眼睛上、唇上、面颊上、头发上……他喘着气，急切地、热烈地、诚挚地、心痛地喊：

　　"我骗你的！我骗你的！迎蓝，我从没结过婚，我也不要你当我的情妇，我要光明正大地娶你！迎蓝，我没有太太，我只是要试探一下，你爱我到什么程度？"

"什么？"她推开他，含泪看他，又悲又喜又气，"你这算什么玩笑？你吓得我要死……你怎么可以这样乱盖乱骗人！我生气了！我告诉你，我早就有丈夫了！"

"啊！"他惊呼，一副世界末日的样子，"那么，我当你的情夫！""你……你……你……"她气得说不出话来，"我不要理你了，不要理你了……"他拉过她来，用嘴唇一下子堵住了她的唇，也堵住了那一连串的气话，他的吻缠绵而细腻。她从没有这样被吻过，心跳气喘之余，情不自禁地就软绵绵地瘫进他的怀中。他把嘴唇移向她耳边，轻轻地说：

"答应我，无论发生什么事，不要离开我！"

"你……"她提心吊胆的，"还是有太太，是不是？"

"保证没有。如果有，我走出门就被汽车撞死！"

"那么，没有更严重的事了。"她笑着，把头埋在他怀中。

"既然这样，我就要老实告诉你……"

他又来了！她迅速地抬起手来，一把捂住他的嘴。

"不许说！"她轻嚷着，眼光如酒，双颊如酡，"不许你再说任何事来吓我！你以为我今天受的罪还不够吗？不许说！我再也不要听了。"他深刻地看她，长长地呼出一口气来。

"老天！"他喊，"我怎么会遇到你啊！真希望你不要这么可爱！真希望能少爱你一点，免得我失魂落魄，神经兮兮，又患得患失！唉！"他叹气，把她的头发压在胸口。

她听着他的心跳，惊悸而喜悦地体会着那种崭新的感觉：爱人和被人爱！

第二天，她依然去上班，精神旺盛而心情良好。萧彬看到她有些惊异，说："我以为你会请一天假！"

"为什么呢？"她扬着眉说，"别把我想得太娇弱，我还不是那种看到只老鼠就会晕倒的女孩！"

萧彬欣赏地看着她，看到她那一脸的笑意、一身的青春，他不禁感动地点了点头。"你确实不是娇弱的，非但不娇弱，还相当倔强。很少看到像你这样临危不乱，又这样能代对方去设想的。"

"代对方设想？哦，你是说，我帮他解了绳子？其实我并没有帮他设想，我是不忍心看到一个那么有丈夫气概的人，被五花大绑地捆在地上。他眼睛里有种悲哀，不是悲哀，是绝望！我受不了这种绝望！"

萧彬深刻地研究她，好一会儿没开口。迎蓝不由自主地又回忆到昨天被刀挟持的那一幕。

"那个黎之伟，"她忍不住开口询问，"你后来把他怎么样了？送警了吗？""不。我只是等他酒醒了，开车把他送回家！"他燃起一支烟，喷出一口烟雾，顿了顿，又说："其实，黎之伟是个很优秀的年轻人，一年多前，他没有留着满脸胡子，他充满活力和信心。他学的是新闻，有才气，有抱负，有理想，能侃侃而谈，也很肯埋头工作。他是年轻有为的，自傲而乐天的。是萧家——毁了他。"她惊愕地看他，没想到他会这么坦白。

"我知道一点点，"她说，"其实，他在迁怒，不是萧家毁了他，而是祝采薇毁了他！"

他迅速地看她。"谁和你谈过？""是阿奇。""阿奇。"他沉吟着，"嗯，阿奇曾经是黎之伟的好朋友，你瞧，人生的变化真大！昨天，我以为阿奇会杀了他！"

"阿奇不会的，"她热烈地代阿奇辩护，"他并没有打伤黎之伟，是不是？""是的，没打伤。""唉！"她叹口气，"黎之伟也蛮可怜的，他为什么不忘掉祝采薇？""像祝采薇那种女孩，任何男人都很难忘记她！"

哦！是吗？她心中在转着念头。祝采薇是天仙吗？她身上有魔力吗？她又想起那失魂落魄，憔悴如死的黎之伟。哎哎，她想，如果她是祝采薇，她决不会移情别恋！能有一个像黎之伟这样充满男性与丈夫气概的人"生死相许"，怎能再投入别人的怀抱？她退回到自己的办公室，和往常一样，又是一个忙碌的早晨，接不完的电话，看不完的来信，排不出空档的时间表，和做不完的记录。她忙得没时间再想黎之伟和祝采薇。好不容易挨到中午，下班铃一响，她就浑身振作起来，这是她和阿奇的时间了！每天，几乎就在为这一刻而活啊！她已经迫不及待地想见阿奇了。从昨晚到现在，似乎已有几千几万年了。韶青如果看到她这副样子，准又要嘲笑她了：

"不害臊吗？认识才多久，就爱得如疯如狂了！"

昨晚很遗憾，没有让韶青见到阿奇，韶青临时加晚班，深夜才回来，那时，阿奇早就走了！真该让他们见见面，问问韶青对他的看法。不过，如果韶青不赞成阿奇，她就会放弃阿奇吗？才不呢！就像她不赞成那驾驶员，韶青仍然离不开那驾驶员一样。噢，多险！想起阿奇昨晚的玩笑，她仍然禁不住发抖，她差一点就和韶青同一命运了！在这一刹那，她有些了解韶青，而且深切地同情起她来！

走出大厦门口，她四面张望，没见到阿奇，他大概怕"人言可畏"，而在转角处等她吧。她心急地往转角处走，突然间，有个影子翩然地停在她面前。

"你在找阿奇吗？"她一愣，定睛看去，面前正亭亭玉立地站着一个女孩。头发微卷地披泻在肩上，皮肤又细又白，像刚出蕊的花瓣，粉粉的、娇娇的。她有对如梦如幻的眸子，雾雾的，蒙蒙的，静静的，水水的，总像在说话似的。她的鼻子秀气而小巧，嘴唇的弧度美好而轮廓清晰，像古代仕女图里的小嘴。她穿了件雪白雪白的真丝衬衫，系了一条翠蓝翠蓝的大圆裙子，那腰肢纤小得不盈一握。脖子上坠着一个钻石坠子，那坠子上有颗心形的蓝宝钻，悬空地镶着，在她那乳白的皮肤上轻轻晃动。迎蓝看呆了，她总觉得自己够美了，也觉得韶青够美了，可是，现在，她必须承认，她还没见过这种美。何况，这女孩连脂粉都不施，干净得就像才出水的荷花。她吸了口气，本能已告诉她这是谁了。"祝采薇，"她迷糊地问，"你是祝采薇吗？"

"是。"祝采薇安静地回答，"你是夏迎蓝了？"

她点头，两个"女秘书"彼此打量了一会儿。

"是我叫阿奇把你今天中午的时间让给我。"祝采薇说，雾蒙蒙的眼珠水盈盈地凝视她。老天！这样的眼睛不但能迷死男人，连女人都会着迷呢！

"哦！"她被动地、眩惑地应着，"有事要和我谈？"她明知故问。"是的。我请你去吃午饭，来吧！"

她跟着祝采薇走到街边，那儿停着一辆雪亮雪亮的、深红色的欧洲车，小小的、流线型的。迎蓝对车子完全一窍不通，却仍然能体会这辆小车子的价格惊人。采薇开了车门，迎蓝钻了进去，坐在驾驶座旁边。

采薇从另一道门上了驾驶座，她熟练地发动了车子，扶着方向盘，车子开向了中山北路，一路上，她都不说话，而迎蓝更是无法开口，只是痴痴地看着她，不信任似的看着她。她手臂上戴着两串细细的K金镯子，镶着一粒粒小钻，手腕一动，镯子就彼此撞击，发出细碎的、叮叮当当的轻响，如梦，如诗，如歌。车子停在一家欧式的西餐馆前面。走进去，里面全是地毯，灯光幽暗，四面窗子上，有一片一片的水帘在倾泻，流水淙淙，颇富情调。她们在屋子一隅坐了下来，她带点歉意似的开了口："我不是要摆阔，到这种地方来，只为了这里很安静，可以好好地谈几句。"她没接话，模糊地想起阿奇，如果她和阿奇能到这样的一个地方来谈心，一定颇富罗曼蒂克的气氛。思想刚转到这儿，她就被一种犯罪感给抓住了，为什么要水帘？为什么要蜡烛？为什么要情调？"但使两情相悦，无灯无月何妨？"灯月都可不要，只要两情相悦！她平静了：阿奇，只要有你！牛肉面馆就是天堂！阿奇，只要有你！

采薇点了两客速食，又点了咖啡。速食送来了，她几乎没吃，只是猛喝咖啡，一面深深打量迎蓝。当迎蓝也吃得差不多时，她才低低地开了口：

"听说，黎之伟昨天跑去大闹达远，害你吃苦了。"

她一惊，谁这么讨厌，去和这位少奶奶多嘴？

"没什么，"她很快地说，"他喝醉了酒，自己也不知道在干些什么。"采薇死死地注视她，忽然间，她一把握住了迎蓝的手腕，她的手心滚烫，眼里猝然涌上一层极深极深的痛楚，她战栗地、迫切地问："他怎样了？很潦倒吗？很憔悴吗？很凶吗？他们打伤了他吗？"她一连串地问着，哀求着："告诉我，迎蓝，我不能问别人，只能问你！"她惊愕万分，一瞬也不瞬地瞪着采薇。"你还在关心他？"她诧异地问，"你已经移情别恋了，为什么还要关心他？"她的手更加热切地握住了她，含泪说：

"别再惩罚我了！告诉我吧，请你！"

"是的。"她吸了口气，"他很憔悴很潦倒，但是，比憔悴潦倒更严重的，是他很绝望，像……像个走投无路的猛兽。他绝望、悲哀、愤怒……而且无助。"

采薇的眼睛睁得更大了，泪珠在眼眶里荡漾，却没落下来，她用舌尖舔嘴唇，嗫嗫嚅嚅的，做梦似的说：

"我要找他去！我要——找他去！"

"为什么？"迎蓝有力地问，"是想再刺激他？再更深地毁灭他？"她抬头看迎蓝，蓦然间，她把头埋进双手中，泪水从指缝里向下滴落，她无声地、忍痛地啜泣。这把迎蓝那柔弱的同情心又撼动了。她打开手提包，拿了一张化妆纸给她，她接过来，擦擦眼睛再擦擦鼻子。然后，她深吸了口气，振作了一下。"我真该死！"她说，"我想不到自己还这么脆弱！我该忘了他的！我该……可是……"眼泪又来了，"哦，上帝知道，我活得太累太累了！"迎蓝盯着她，有五分激动，还有五分愤怒。

"你为什么嫁到萧家去？"她率直地问，"为了爱情？还是为了金钱？"她抬起眼睛来，含泪的眸子清亮晶莹。但是，那份如梦如诗的韵味依旧浓厚。"你问了一个要点，这也是我常常自问的问题，你猜怎么，我的答案大概是后者!""哦,"她惊呼,"为了金钱?"

"当时,我并不确实知道这一点。萧人仰的追求一上来就来势汹汹……""萧人仰?"她问,她第一次听到这名字。

"就是萧彬的儿子,我的丈夫。你不知道他怎么追求我,而整个达远连董事长,都在支持他。他知道我有爱人,知道有黎之伟,那时,黎之伟每天都接我上下班,就像阿奇对你一样。"她深刻地看了迎蓝一眼,"而人仰呢?他全然不顾,什么都不顾。当我无意间告诉他,我很喜欢夏威夷的火鹤花,第二天,我整个办公室堆满了火鹤花,是他连夜打长途电话到夏威夷,派那儿的客户专程送来的。这还没有什么,他还能找到一个状如火鹤花的银花瓶,里面只插上一朵火鹤花,送到我面前来。在花心里,他插了一张小纸条,上面写着……"她低下头,打开皮包,取出那张纸条,"我特别带了些东西给你看,让你了解我当时怎么会选择他。"

她接过纸条,纸条上画满了手绘的火鹤花,在群花的中间,有两行细腻的小字:"花如火,情如火,连夜送上千万朵!花如火,情如火,多情却怕无情锁!"

她震动地把纸条还给采薇,心里有些明白,再坚韧的钢,也禁不起细火慢慢地烧。"然后,这一类的事情在我们之间经常发生,例如:我说过一句,我喜欢真丝衬衫,可惜买不起。第二天,我办公室里就挂满了真丝衬衫，从米色到咖啡色，从粉紫到深紫，从水红到枣红，从黑到白……简直什么颜色都有。我想学骑马，他居然买了一匹马寄养在马场，马背上烙着我的名字。而马鞍、马装、马靴、马鞭……无一不备。唉！你不知道，我那时过的日子多苦，妈妈患严重的胃出血，住在一间暗无天日的小屋里，爸爸早就去世了，小弟小妹都在读书，全家就靠我的薪水过日子。我什么时候见过这种场面？什么时候领略过这种感情？是的，我爱黎之伟，他的环境比我更苦，刚从新闻系毕业，在一家小报社当记者，白天黑夜都要跑新闻，他和我相聚的时间不多。偶然相聚，我们去吃路边摊，去吃蚵仔煎，去吃牛肉面。冬天，寒流过境，我们躲在体育馆的屋檐下避风，两个人都冻得嘴唇发紫。夏天，我们在淡水河边，被蚊子叮得遍体鳞伤。哦，迎蓝，我告诉你，当一个人太穷的时候，连恋爱的气氛都谈不上了，这是件非常残酷的事实！所以，人类的故事，周而复始，永远逃不开贫富的问题。"她住了口，喝了口咖啡。迎蓝没说话，却不以为然地轻摇了一下头。她又想起阿奇，他们吃牛肉面，喝鱼丸汤，常常安步当车地走到这儿走到那儿，阿奇从不送她东西，他说过一句话："贵的，我买不起；便宜的，配不上你！"当然，这是他滑头的地方，但，她听了仍然很舒服。"你不同意我的话。"采薇点点头，吸了口气，她又继续说，"黎之伟实在爱我，但是，他错在对我太有把握了，我十四岁就被他吻了，从此，两个人都没交过其他的异性朋友。当然，追求我的人很多，我们常把情书折成小船，放到淡水河里去，让它随波逐流。最初，我也和他提过人仰在追我，他并不紧张，而后来，我就不说了。我猜，当我不说的时候，我已经对人仰动心了。而最后面临的决定，是我母亲忽然病危，半夜里发作，气喘不过来，我吓得要死，找不到黎之伟，却找到了萧人仰。人仰飞车而来，一句话都没说，就把母亲抱进汽车，再飞车到医院，连夜开始急救，氧气筒氧气罩全出动了，然后，医生说要输血，血库里已无存货，找血牛找不到，我的血型和妈妈相同，我说输我的，人仰说他也是O型，输他的。结果，医生说我贫血，就输了他的，足足输了将近1000CC。输过血，他脸色好白好白，躺在那儿瞅着我，我马上知道，我完了，黎之伟也完了。"她闭着眼睛，新的泪珠又涌出了眼眶，她用手支住头，玩弄着桌上的咖啡杯。迎蓝已经听得发呆了。"母亲被救了过来，人仰的脸色还没恢复，我坐在他身边掉眼泪，他忽然拉住我的手，对我郑重地说：'嫁我吧！我虽然不像黎之伟那样在你心里根深蒂固，可是，我能给你更多的爱，和更多的照顾。最起码，我不会让你又老又病的母亲，住在那样一间小破屋里。知道吗？采薇，这简直是……一种罪过！一种不孝！'我痛哭着扑进他怀里，第二个星期，我们订婚了，一个月后，我们飞到美国举行了婚礼，因为怕黎之伟来大闹结婚礼堂。"她说完了。抬起头来，她用化妆纸擦干了眼睛，她那乌黑的头发半垂在面颊上，映得那面颊更娇更嫩了。"你们结婚多久了？"迎蓝问。

"才一年多。""那——萧人仰对你不好吗？"

"不，他很好，又体贴又温柔，全家都对我好。是我自己不够好，我常想起黎之伟，在我订婚以后，黎之伟还企图挽回，他跟我说了好多好多，我只是不停地摇头，后来，他火了，他给了我两耳光，骂我下贱，卑鄙，只认得金钱……我心都碎了，我哭着嚷：我就是！我就是！谁叫你是穷小子！他狂叫着跑了，从此，就变得酗酒，堕落，生活颓废……啊，迎蓝，我不能忘了他，是我毁了他！"

迎蓝呆望着她："但是，你已经无能为力了！你毁了黎之伟，总不能再毁萧人仰吧！"她怔了怔，脸上掠过一阵惨痛。

"是的，我不能。我不能。我太天真了。我本来想求你帮一个忙，现在想来，是太荒谬了……"

"你要我帮什么忙？""去帮我打个电话，约黎之伟出来，我想见他一面。"

"你为什么不自己打电话呢？"

"我打过，他摔我电话，他全家都摔我电话，他们都认得我的声音，只要听到我的声音，他们马上把电话切断，我根本没办法和他通话。""为什么不找上门去？"

她打了个寒战。"我不敢，他生起气来很可怕，我不能带伤回家。"

迎蓝深思地看她。"你想跟他说什么？"她问。

"我不知道，"采薇可怜兮兮的，"我只想劝劝他，让他忘了我，让他振作起来，让他好好地活下去！"

"你认为这会有效吗？"她深刻地问，"你认为他还会听你的吗？除非你能……"她住了口。

"能什么？"她追问，"能放弃萧人仰，回到黎之伟身边去！"她冲口而出，说过，就后悔了，这算什么建议？好端端的，劝人家离婚吗？不管萧人仰的死活了吗？采薇深呼吸了一下。"不。"她轻声说，"错了一次，不能再错一次；毁了一个，不能再毁一个！"迎蓝定定地注视采薇。忽然间，觉得对这女孩生出一种强烈的同情和好感。一个又美丽又纤细又多情的女孩！这种女孩是注定要受苦的！"听我说，采薇！"她情不自禁地直呼她的名字，"你最聪明的做法，是完全忘掉黎之伟，全心全意地去爱你的丈夫。我告诉你，黎之伟会度过他的困难的！有一天他会碰到别的女孩，会再恋爱，时间和空间会治好他！"

"真的吗？""我相信。"她肯定点头，"而萧人仰，他对你的爱情不会比黎之伟少，否则他做不出那些疯狂的事，如要你离开萧人仰，他会……不堪设想！"

采薇沉思良久，忽然抬起头来，脸上浮起一股勇敢而坚定的神色，她紧握了迎蓝的手一下。

"你提醒了我。迎蓝，你真好！我……可不可以……"她有些嗫嚅和羞涩，虽然已为人妻，仍然像个小女孩，"和你成为好朋友？""当然，你已经是我的好朋友了。"

"唉！"她叹口气，"你知道我有多难！有时，想找个能谈话的人都找不到，人仰虽然爱我，我却不能把这些话讲给他听，是不是？"迎蓝了解地点点头，看了看手表。

"我送你回去上班！"采薇跳起身子，"当我公公的女秘书也很不容易，是不是？"迎蓝和她一起走出餐厅，坐进了小红车。

"奇怪，"她说，"为什么萧彬的女秘书都嫁进了萧家？"

采薇发动了车子，说："并不奇怪，他们从上千上万的应征者里，淘汰又淘汰，过滤又过滤，选出他们最中意的女孩来当女秘书。然后，萧家的人只要下决心追求谁，全家都同心协力地帮忙。他们家追求起女孩来……是让人难以抗拒的。"她回头看看迎蓝，笑了笑："说不定，你也会走进萧家来，那么，我们就比朋友还亲了！""我吗？"她坚决地摇摇头，"我决不会！"

采薇看了她一眼，没有接话。她的眼光若有所思地落在车窗外，眼里迷迷蒙蒙地浮上了一层薄雾。

回到办公室，迎蓝的思绪久久不能平静。

她一直想着祝采薇这个人物，那份细致，那份韵味，那份婉转的柔情……真令人心碎！难怪黎之伟会为了失去她而如疯如狂了。但，听她那番述说，那萧人仰也确有动人心处。火鹤花，真丝衬衫，这还罢了。最难得的是输血救人那段。假若异地而处，自己换作采薇，会作怎样一种选择呢？不，她摇摇头，她谁也不选择，她选择阿奇！

　　阿奇，这名字从她心头一涌现出来，她就什么都顾不得了，一心只想着阿奇。不知道他怎么一天都没露面？或者，下班后他会在大厦门口等她。她那么想念他，以至于想打个电话给他，这才倏然想起，她居然连他的电话号码都没有！她无奈地笑笑，如果给韶青知道，准会把她骂死！

　　桌上的电话铃响，她机械化地拿起听筒，机械化地流水般先说话："您好，这儿是达远公司董事长秘书室。请问您贵姓？要找哪一位？"对方沉默着，她可以听到那沉重的呼吸声。

　　阿奇！她想，这家伙又来恶作剧了，准是阿奇！"喂喂，"她喊，嘴边已带着笑意，"不说话我就挂电话！"

　　"等一等，别挂！"对方总算开了口，迎蓝一怔，这不是阿奇的声音，"你是夏迎蓝吗？"

　　"是的。""我是黎之伟！""噢！"她大吃一惊，刚刚才和采薇分手，黎之伟又打电话来，这不是太意外了吗？他要干什么？难道也要找她帮忙？她想起他手上的刀，有点寒意。"你有什么事？"她的语气冷淡。"我是特地打电话向你道歉的。"对方的声音低沉和缓而温柔，一点都不像昨天那个凶神恶煞，"对不起，夏迎蓝，我昨天莫名其妙地伤害了你，我希望……那些伤不会太重。"他语气担忧而内疚。"不不。"她慌忙说，"一点都不严重。你不要放在心里。"

"我是喝醉了酒。"他解释着，"心情不好再加上酒一冲，就发起酒疯来。我吓到你了吗？"

"有一点。"她坦白地说。

他叹了口气，声音更柔和了。

"你下班后，可不可以和我谈一谈……"

"哦，不行！"她慌忙说，下班以后的时间是阿奇的，她不要再卷入黎之伟和祝采薇的公案里。"我下班以后还有事！"她说得又急又快。对方沉默了片刻，她几乎感觉出他又受伤了。

"你以为……"他慢慢地说，"我还会伤害你吗？我今天没喝酒，约你出来，纯粹是为了昨天的事道歉！能不能请你把昨天我那副恶劣的样子忘掉！"

"我已经忘掉了。"她慌忙说，"我知道你的心情，我不会怪你，我今晚真的有约会……"

"和阿奇吗？"他问。她怔了怔，想起萧彬说过，阿奇和他曾是好朋友。

"是的，是阿奇。"她坦白承认。

"我懂了！"黎之伟在电话里大笑了起来，"我懂了！你还敢口出狂言，不会嫁给萧家人？哈哈哈哈！又一个女秘书，又一个自命清高的拜金主义！哈哈哈哈！好了，不打搅你了！去和阔家公子约会吧！"他似乎要挂电话。

"喂喂！"她急切地嚷着，又惊奇又慌乱，"不要挂电话！你说说清楚，什么阔家公子？阿奇只是达远的保安人员，或者是小职员，或者是工友……"

"哈哈哈！"黎之伟笑得她耳膜都震痛了，"你在说些什么鬼话？萧人奇是达远的工友？你大概还没睡醒吧？还是和我一样喝多了酒？""萧人奇？"她愣愣地握着听筒，脑子里纷纷乱乱的，什么思绪都整理不出来。"是的，萧人奇，萧彬最小的一个儿子！大家都叫他阿奇！我早就猜到，你是萧彬为阿奇物色的人选了！"

她闭上眼睛，觉得脑子里所有的血液都往下沉。在这一刹那间，她明白了，所有的事都清清楚楚地呈现在她面前；那个荒唐的赌注，她输了，要嫁他；她赢了，也要嫁他！他从一开始就在戏弄她，她却一步步地掉进他的网里去。他的时而忧郁，时而快活，他的神秘身份，工友，科长，职员，不属于编制内的周边人员……去他的！她被骗了，被彻彻底底地骗了！"喂，"黎之伟在叫，"你在干什么？"

"哦，"她醒过来，深深地吸了口气，迫切地问，"你现在在什么地方？""就在你大厦对面的公用电话亭！"

"我马上就过来，你等我！"

她挂断了电话，抓起桌上自己的皮包，转身就向秘书室外走。在门口，她几乎和正跑进来的阿奇撞了个满怀。阿奇一把抓住她，惊问："你怎么了？你要到哪里去？你的脸色怎么这样难看？你生病了吗？你……"她费力挣脱了他的掌握，含泪喊："不要理我！"她冲进电梯，阿奇也要冲进来，她迅速地按下了关门钮，把他关在门外，直接下到一楼，她飞奔着跑向街对面。

半小时以后，迎蓝已经和黎之伟散步于碧潭的山明水秀中了。黎之伟和昨天已经大大不同了，他没喝酒，换了一身整洁的衣裳，看起来就清爽了不少。仍然是络腮胡子，双目仍然炯炯发光，有逼人的威力，不过，他心平气和，举止、谈吐、风度……都成了第一流的。他们走过吊桥，沿着一条通往"情人谷"的山路，蜿蜒地向山内的绿荫深处走去。这天不是假日，四周没有一个人影，只有阵阵蝉鸣与鸟啼，打破了周围的静谧。"我猜，你已经知道我的故事了？"黎之伟问。

"是的。"她机械化地回答，心思恍惚，头脑昏沉，所有的意志和注意力，都集中在"阿奇"的身份上。

"你一定对我印象恶劣吧？"他说，"我昨天去达远，并不是找麻烦去的，而是——"他咬咬牙，"我知道萧彬又请了一个新的女秘书，我跟踪过你几次，看到你都和阿奇在一起，我想，我要救你，我要在你被金钱买动之前，把你带走。"

"金钱买动？"她侧头沉思，"他们从没有用金钱来买我，连吃饭，都常常是我在付钱。"她正眼看他："你确定阿奇是萧彬的儿子吗？你不是成心来破坏我们吧！"

他惊异地看她，皱着眉研究她，好像她是个怪物。

"你和他交朋友，居然不知道他姓什么？家在哪里？父母是谁？你是不是太新潮了？这种事，我能骗你吗？你只要去随便打听一下，就可以知道真相，甚至于，你待会儿打个电话去萧家，只说找萧人奇，你就知道他是不是萧家人了！我不明白的是，他为什么要把自己的真身份隐藏起来？而且，显然大家都在暗中帮他隐瞒，连萧彬也是。否则，早就穿帮了！"

她回忆和阿奇认识的点点滴滴，回忆他对自己身份的敏感和掩饰，回忆他那个矛盾的赌注，回忆他闪烁其词的谈话……更回忆起他的嬉笑怒骂，回忆起他的"落魄"，付不起牛肉面钱，自称为"穷小子"……她越想越气，越想越沮丧，越想越委屈，越想越伤心……总之，她被骗了，被玩弄于股掌之间！被他唬得团团转！他一定暗中欣赏自己的演技吧！他一定常常向家人炫耀他的成果吧！怪不得萧太太会跑到秘书室来和她东拉西扯，她是鉴定"准儿媳妇"的呢！现在，她都想通了，所有的神秘，都不再神秘了！除了一件，就像黎之伟说的，他何必隐藏身份呢？

"我懂了！"黎之伟忽然说，"他在扮演我！"

"扮演你？"她更糊涂了。

"他先扮穷小子，再恢复阔少爷的身份，这样，你才能区别两者之间有多大差异，这是青蛙王子的故事。当你以后，发现他居然是王子时，你会更加喜出望外。有比较你才能明白你手里的东西有多珍贵！"他叹了口气，"知道吗？采薇如果从没遇到我，一上来就遇到萧人仰，她会以为爱情理所当然是那种样子的。就因为先有了我，我没有的，他都有。我不能满足她的，萧人仰可以满足，什么夏威夷的火鹤花、苏格兰的风信子、荷兰的郁金香……他都能变魔术似的变来。采薇看不到这些花花草草费了多少金钱，只看到他费了多少心血。于是，人仰征服了采薇，用他的金钱征服了采薇，把我一棍打进地狱里去。你懂了吗？"他凝视她，眼底又浮出了那绝望的悲哀，他低低地、沉沉地、哑哑地再接了几句："萧家的人都绝顶聪明，他们每个人身后都有个智囊团，帮他们争取他们所要的东西，以前，他们要金钱财势，从一个小公司开始，并吞，发展，直到现在，已成为一个大财团。然后，他们想收集全台湾的美女了。"

她瞪着他，他说得那么清楚，那么有条有理。她知道，这就是真实面目了，黎之伟打开了这真实面目，让她从幕前一直看到幕后。"他们的手段真高，是吗？"她嗫嗫地问。

"如果手段不高，他们怎么会有今天？采薇和我奠定了七年的感情，被他们几个月就打垮了！采薇！"他深深吸气，好像有个虫子在啃噬他的心脏，他的面容扭曲了，她看得出来，他在强忍着多大的痛楚。"你不认识采薇，你不会知道她是多么纯纯的、柔柔的女孩！在萧家介入以前，我相信，就用一百辆坦克车来拉她，也不见得会把她从我身边拉开！"

"我见过采薇！"她脱口而出。

"哦？"他惊奇地挑起眉毛。

"就是今天中午的事，她为了你，来问我！"

"哦？"他的声音发颤了，"她提到过我吗？提到过吗？"他急促而迫切，脸色变白了。

"是的，她一直在谈你，谈了很多很多，她说——不知道有什么力量，能让你重新站起来。"

他闭了闭眼睛，忽然在路边的一张石凳上坐下来，把头很快地埋进掌心中，好一会儿，他喘口气，抬起头来，他的脸色煞白煞白，眼白都涨红了。她惊呼。

第四章

"你病了，是不是？""没有！"他粗声说，"只是一阵头痛，好像整个脑子都要被扯破似的，几秒钟就过去了。"

"你看过医生吗？""用不着！"他哼着，"这是心理影响，医生治不好，每次发作，都与采薇有关。"他正视着她，脸色在逐渐转好中，"她真说过希望我振作吗？"

"是的。""她知道该怎么做！""你是说——要她离开萧家，重回你的怀抱！""嗯，"他点点头，唇边浮起一道深刻的刻痕，"然后，我再把她甩掉。""再把她甩掉？"她惊呼着，"你知道你这是什么论调？你相当残忍，你已经不爱采薇了，你在恨她。你想要报复她。"她热切地看他，把自己和阿奇的问题都抛在脑后，"这是不对的，很不对的。"他对着她冷笑："我告诉你，人的心理是世界上最难捉摸的事，因爱生恨，几乎是最直接的反应。是的，我恨采薇，恨她遗弃我，我更恨的，是萧家全家！他们明知道不属于自己的东西，也横抢竖夺！"

"你知道，你这样说并不很公平，"她认真地凝视他，"一个没有结婚的女孩，原则上，任何人都可以追。"

"你这样说吗？"他提高了声音，愤怒立刻飞进了他的眼睛，那种近乎狞恶的表情又挂在他嘴角上，"他们全家都知道有我！他们甚至和我做朋友，让我对他们完全不设防。"

她勇敢地摇摇头："可是，采薇没有嫁给你，在爱情上，人人都可加入战场。战败的人，应该有战败的风度。像你这样，一场败仗就把你打得心灰意冷，实在也太输不起了。"

"你说些什么鬼话？"他大吼起来，昨天大闹办公室的嘴脸又露出来了，他伸手一把就抓住了她的手腕，用力握紧。她昨天被扭伤的瘀肿未消，立刻就痛得直吸气，眼泪都快掉下来了。他死瞪着她的眼睛，怒不可遏地喊："你已经被萧家迷住了！你帮他们说话！你已经成了萧人奇的俘虏，你和采薇一样浅薄无知！""我不是萧人奇的俘虏，我也不帮萧家讲话，"她大声说，忍着痛楚，"我只是看不惯你为这件事而自暴自弃！何况，你该平心静气分析一下，你失去采薇，是不是自己也有过失？为什么她母亲病危时，你居然不在她身边？为什么输血救人的是萧人仰而不是你?""我告诉你为什么!"他的声音从齿缝中迸出来,他更紧地握住她的手腕,脑袋逼向她的脑袋,她迫不得已地后仰着。"因为那晚我在跑新闻,我要赚钱养家,不像别人那么好命,睡在被窝里等告急电话!而且,这整件事可能就是件预谋的苦肉计,老太太八成被收买,她本来就喜欢萧人仰而不喜欢我!因为嫁到萧家,就可以再也不愁吃不愁喝!你知道吗?祝老太太现在和小儿女住在天母一幢花园别墅里,有专门的医生护士侍候着,病都快好了。你再用用你的思想,祝老太太忽然病危,我刚好不在家也不在报社,萧人仰飞车而来,送到他熟悉的医院,医院有血库,居然血不够,O型是最普通的血液,居然要从亲友的身上去抽血……想想看,你这个天真烂漫的幼稚园小女生,这一切是不是太巧合了!"

她想着,努力地运用思想,不能不承认有些可能。但她的本性反抗着这可能,萧家或者会运用手段,但是不会这么卑鄙!"不。"她挣扎,"他们不会这样做的!"

"你还在帮他们讲话!"他大吼着,扯住她的手腕,"所以,你也相信阿奇只是个工人!你去查查看,他当年以榜首录取在政大政治系!他在对你玩政治手腕!你也相信他一点都不卑鄙!"她被刺伤了。重重地刺伤了。心里压抑的悲痛和被欺骗的感觉就排山倒海般对她淹没过来。她咬住嘴唇,眼泪夺眶而出。"你放开我!"她呜咽着说，"你弄痛了我！"

他惊觉过来，马上放开了她，她缩回手腕，用另一只手揉着伤痛之处。她的头低俯着，眼泪慢吞吞地、无声地沿着面颊滚下来，落在裙子上。他看她，忽然就抓起了她的手，解开长袖的袖口，他把袖子往上撸撸，立刻，他看到了那只遍是红肿和瘀伤的手腕，他深深呼吸。

"告诉我，"他哑声说，"不是我弄的。"

"是你弄的。"她固执地说，抽着鼻子，忍着眼泪，可是眼泪更多了。内心的伤痛远胜过肉体的，她借此发挥，干脆一任泪珠奔泻。她低垂着头，反捞起脑后的头发，让他看后面贴的纱布。"你恨萧家的每一个人，你恨吧，可是，你差点杀掉了我！"他审视她脑后的伤，慢慢地放下她的头发，他再审视她的手腕，再慢慢地放下她的衣袖，细心地扣上袖口的扣子。然后，他用手轻轻托起下巴，又审视她那流泪的眼睛。他从口袋里掏出一块洁白而干净的手帕，轻轻地拭去她的泪痕，他很温柔地凝视她，眼睛里燃烧着两小簇奇异的火焰。

"保证不再了。"他低沉地说，"以后，决不伤害你一根汗毛。""以后？"她糊涂地问，"我们还有以后吗？"

"为什么没有？"他反问，"我们已经认识了，是不是？""哼，"她哼着，"很奇怪的认识，我从来没经历过在刀尖下的认识！""忘掉它！"他诚挚地说，"那时我疯了！疯子总会做些莫名其妙的事！"他再擦她的泪："不过，你这眼泪不是为我伤你而哭，是因为我揭穿了阿奇的真面目而哭！是吗？"

更多的眼泪夺眶而出，她咬紧嘴唇，咬得嘴唇都快出血了，就是止不住那疯狂奔流的泪珠。他深深看她，扶住她面颊的手因沾上泪水而颤抖了，他忽然就把她的头压在自己胸前，用双手抱牢了她，他像个慈祥长者在安慰委屈的小孩一般，他轻轻地摇撼她，抚摸着她的背脊，带着泪，带着灵魂深处的同情，带着"相逢何必曾相识"的感触，还有那种深深切切的"同病相怜"的心情，他沙哑地说：

"哭吧！哭出来吧！迎蓝。好好地哭一哭，你会舒服很多。"

她把头挣出了他的怀抱，用他的大手帕擦干净了脸庞，然后，她勇敢地抬起头来，勇敢地面对他，勇敢地挤出了一个微笑。"我不再哭了。"她说，"不再为根本不值得我流泪的事而哭了。"她扬起睫毛，眼睛清亮："你，也不要再哭了。"

"我？"他苦笑了一下，"我从没有为这件事哭过，大概从我懂事以后，我就没流过眼泪了。"

"女人的眼泪往外流，男人的眼泪往肚子里流。"她说，缓缓地摇了摇头，"别以为我没看过你哭，我昨天就看到了。"

他也缓缓摇头，注视着她的眼光更柔和了。

"你太聪明，"他低语，"其实，女孩子迟钝一些反而好，越聪明的女孩子越容易受伤。""男人也一样。"她接话，"平庸是一种幸福。"

他们彼此对看了一会儿。她从石凳上站起身来：

"天都快黑了，我要回家了。"

"走吧！"他挽着她往山谷外走，暮色正缓缓地从山谷中浮上来，夕阳的光芒早被山尖所吞没。"我能不能请你吃晚饭？"他忽然问。"今天不行，"她说，"老实告诉你，我今天一点胃口都没有，这两天，就因为你的出现，发生了太多的事，我必须回去休息一下。好好地想一想。"

"你一定非常恨我的出现，扰乱了你整个生活！"

"不。"她正眼看他，"我很高兴你出现了，让我看清了好多事情。其实，有些事迟早会揭穿的。"

"只怕揭穿的时候，你已经陷入太深，而身不由己了！"

这倒是真话。她微微战栗了一下。阿奇，这名字依旧刺痛她每根神经。她叹口气，再看他一眼。

"明天，好吗？"她问，"我们去吃……"她看他，忽然正色问："你有钱吗？""吃一餐饭的钱总有的。"他苦笑着。

"你有工作吗？"她再问。

"我曾经失业过一阵，目前，我在一家旅行社当外务员，做些跑大使馆、办护照这些工作。"

"可是……你并没有好好上班？"

"是的。如果那旅行社的老板不是我的朋友，我早就被开除了。""廉者不受嗟来食。"她低语。"你说什么？"她抬起头来，正经地看他。

"为什么不回到你的本行去？你学的是新闻，怎么不学以致用？"他皱眉头，用手揉搓着下巴上的大胡子。

"你希望我回报社？"他怀疑地问。

"我希望你做个男子汉！"她冲口而出。说了就又后悔了，这关她什么事呢？她声音放低了，低而沮丧："我不是真的要逼你做什么，我没这个权利干涉你，也没这个权利要求你。我只是自己很丧气，我一直以为我是个很独立也很能干的女孩，谁知道，我刚接触这个社会就摔了一大跤，我真怕以后要面对的日子，我真怕自己再也振作不起来……我想找个榜样，如果有人摔得比我更重，仍然站起来了，我就会觉得，天下没什么更严重的事了。"他看了她好一会儿。他们已不知不觉地回到新店镇上，他买了两张回台北的公路局车票，上了车，车开了，他一直都没说话。下车后，他们安步当车地走着，他送她回家。她指示着方向，他默记着她的位置。夜色，早已笼罩着整个台北市，霓虹灯和广告灯在街头闪烁，一片的灯火辉煌。台北，是灯的世界，是繁荣的代表。为什么如此大的一个都市，有无数的人在通往成功的巅峰上，却也有人消沉淹没在失败的浪潮里？他们走到了她的公寓门口。

"我就住在七层楼上，七Ａ。"她说。

"能给我电话号码吗？"

她报出了号码。他用心默记着。然后，他一本正经地看着她，说："明天晚上六点钟，我来接你。"

"好。"她点头，正要说什么，听到身后有人声，她一回头，就看到阿奇正从公寓中冲出来，他直冲向她，握住了她的肩头，他怒冲冲地对黎之伟喊：

"你把她拐到什么地方去了？"

"我拐她？"黎之伟仰起头来，又纵声大笑了，"哈哈哈！不知道谁在拐谁呢！""我警告你！"阿奇双眼圆睁，满脸怒容，他伸出拳头来，似乎想揍他，又勉强地按捺住了，"你离她远一点！你敢招惹她，我不会饶你！""是吗？"黎之伟嘲弄地笑了笑，立即转向迎蓝："看样子，你今晚还要面对许多事情。"他摇摇头，深深地看她，眼睛里似乎有一千句叮嘱、一万句警告，"每个人都只有自己去解决自己的问题，是不是？你和阿奇好好谈吧，我走了，明天见！"

"明天见！"她对黎之伟挥挥手。

黎之伟大踏步地消失在夜色里了。

阿奇惊异地看着黎之伟的背影，再惊异地看向迎蓝，他的嘴唇发青、眼光阴郁。"你整个下午跑到哪里去了？

我一直在你公寓中等你！那个家伙跟你说了些什么鬼话？你不能再见他，他是个危险人物，别让他……"她挣开他的手，头也不回地走进电梯。

他跟了进来，靠在墙上，锁眉，闭眼，叹气。然后他睁开眼睛来，自言自语地说：

"不攻击他！不攻击黎之伟！不攻击黎之伟。"他看她，忍耐地、痛楚地去抓她的手，"你都知道了？是不是？你在生气吗？因为我是萧彬的儿子而生气吗？"

她用力抽出手来，电梯停了，她往自己的房间冲去。阿奇跟了过来，她找钥匙，开门，走进房间，她转身就要把门摔上，阿奇机警地用脚抵住了门。同时，韶青已经在她身后笑嘻嘻地说："何苦呢？迎蓝，人家已经坐在这儿等你一下午了，在窗子前面看到你过街，就像火烧了尾巴似的冲下楼去接你，有什么别扭和误会，两个人当面谈谈就过去了，不要这样闹小孩脾气！"她回头看韶青，气得声音发抖："你根本不知道发生了什么事！我告诉你，他不是一个人，他是个魔鬼！"阿奇大踏步地走进房间，关上房门。

他走到她身边，脸色铁青。

"给我一个解释的机会，好不好？"他忍耐着说。

"不听！"她大声地叫，"你不用解释，我不听！绝对不听！"

韶青拿起了梳妆台上的皮包，走过来对迎蓝甜甜地一笑，拍拍她肩膀说："我有事要出去，你们不要吵架，好好地谈。嗯？迎蓝，答应我不要太任性！"迎蓝一把抓住韶青的衣服，急促地说：

"你不要故意避开，我不和这个人单独在一起！"

韶青扯出了自己的衣服，又好气又好笑：

"我不是故意避开，我有约会，你知道，我们不像你们，见一面可不容易。我珍惜能见面的每个机会，我非去不可！迎蓝，你是人在福中不知福！"

她摆脱了迎蓝，很快出去了，房中只剩下迎蓝和阿奇两个人。一层沉默和僵硬的气氛在两人之间迅速地扩散开来。

时间不知道过去了多久，迎蓝慢慢地走到梳妆台前，把皮包丢在桌上，拿起发刷，无意识地刷了刷头发，再走到床沿上坐下，脱掉高跟鞋，换上一双舒适的拖鞋。然后，她往枕头上一倒，闭上眼睛，表示要睡觉了，自始至终，她就没有看过阿奇一眼。阿奇静静地望着她，望着她的冷淡，望着她的目中无人，望着她沉默中的反抗，望着她那倒在枕上的疲倦而憔悴的脸庞……够她受了，这两天像狂风暴雨，已经卷走了她脸上的喜悦和欢愉。一阵怜惜的情绪就把他紧紧地缠住，他的心脏在隐隐作痛了。他慢慢地走过去，他在她床前的地毯上坐下来，抱着双膝，凝视着她的脸庞。

"迎蓝，"他轻轻地、温柔地说，"你必须听我解释。

让我告诉你，我虽然欺骗了你，但是并没有丝毫的恶意，而且，连续好几天来，我一直想告诉你真相，是你自己不要听……"

她把身子一翻，连头带脑都转了过去，用背对着他，同时，抓起一个枕头，她把枕头压在耳朵上。

他有些恼怒，怒气在他胸口起伏，他重重地呼吸，然后，他扑过去，一把掀掉了那枕头，用力扳过她的肩膀，强迫她面对自己，大声地喊："你到底要不要听！"

"我说过我不要听！"她睁开眼睛来，倔强地说，"拿你那一套装腔作势，去骗别的女孩去！不要来理我！"

"我已经理了你了，我非要理下去不可！"

"废话！"她嗤之以鼻，"你有演戏细胞，为什么不去演电影？为什么欺侮一个从乡下来的小女孩？"

"别说得那么委屈，台中不是乡下，你也不是小女孩！我骗了你是真的，欺侮你谈不上！"

她一转身又要背对他，他把她按住，不许她翻身，他开始对着她的耳朵，大声地、一连串地吼了出来：

"我告诉你，我们家已经一连娶了三任女秘书，个个都是千万人里选出来的，个个都优秀漂亮。这次，你来应征时，全家就开玩笑说：这次是在帮阿奇找媳妇了。说实话，这句话使我非常反感，我立誓什么女朋友都可以找，就不找女秘书。但是，当公司里考女秘书时，我仍然很好奇，我躲在一边，看过听过许多资料，这些应征者中，对别人都没什么，唯独对你，我有种强烈的好感，并不是因为你最漂亮，来应征的人里有比你漂亮得多的，也不为了你的学历，你知道你的学历也很普通。而是因为你反应敏捷，对答如流，和你那种与生俱来的幽默感。你猜怎么，那时我甚至希望你落选，如果你落选了，我再来追你，就不算追女秘书了，偏偏爸爸也看中了你，你竟然成为爸爸的女秘书了。"

他停了停，她不再翻身了，用手玩弄着枕头的荷叶边，她一语不发地听着，倒想听听他如何自圆其说！"你知道，我家虽然娶了三位女秘书，几乎都不太幸福，能干的女孩都有驾驭男人的习惯，而且，由于贫富的差距，这些走入萧家的女孩，常常会变成另一个人，跋扈，不讲理，贪得无厌，娘家的哥哥弟弟、叔叔伯伯、表亲姻亲……全要往萧家的事业里推进去，情况非常像《长恨歌》中提到的杨玉环得宠后那一段：姊妹弟兄皆列士，可怜光彩生门户。这并不能怪她们，这是一种自然的转变。我的大婶婶、小婶婶……全是这样，然后，轮到了我的嫂嫂祝采薇。"

他又吸了口气，注视她，她不满地蹙起眉头，心里的反感又在加重。你们家挑女孩子专挑势利鬼，然后就把普天下的女孩都看成势利鬼！"你已经见到采薇了，你也见到黎之伟了。我哥哥追采薇追得最苦，全家出动了来支援他。老实说，采薇是这些女秘书里最可爱的，难怪大哥一见倾心，就是我也为她动过心，她最美的是她那份性格，柔顺、热情，而容易感动。她已经有了男朋友，黎之伟一度也是我的好友，我们天地玄黄、宇宙洪荒无所不谈。大哥发动追求后并没有顾虑黎之伟，我也认为情场追逐，是各凭本事。然后，大哥成功了，他娶了祝采薇。从此，就是我大哥悲剧的开始。"

她不知不觉地调眼来看阿奇了，谈到采薇，使她的注意力不能不集中起来。"大哥和我的性格不同，我比较达观任性而外向，大哥正相反，他是文质彬彬的，对感情固执到底的，他内向而不爱多说话。他们婚后，本该很幸福的，但是，黎之伟像个鬼影般站在他们中间。采薇不能忘怀黎之伟，她常常躲在没人的地方哭，常常在纸条上写满黎之伟的名字，冬天，她在窗玻璃上呵气成霜，写下：'此情无计可消除，才下眉头，却上心头'的诗句。"她记起来，阿奇也曾经在点菜纸上，写过这几句话，原来，是抄自祝采薇。"哥哥看在眼里，痛在心里，对任何人都不能说，你不能想象他有多苦。从小，我们兄弟感情很好，他的事我都知道。有一次，他非常沉痛地对我说：'阿奇，如果你有一天爱上了某个女孩，千万不要让她知道你的身份，你要彻彻底底地征服她的心，甚至于，不要让金钱帮助你达到目的，你要让她爱上你的人，而不是你周围的一切，不是你能为她做的那些事。'哥哥这几句话对我刺激很大，我看过我婶婶们的例子，又看到祝采薇和哥哥的例子。我发誓，当我追女朋友的时候，我决不利用身份钱财，我要把自己变成一个穷小子。"

她咬咬嘴唇，不说话。心底又涌起一层新的反叛和悲哀：原来，你把我看成她们，原来，你以为我会为了金钱嫁给你！原来，你千方百计掩饰自己的身份，只因为把我看成一个淘金的人！"第一天，我在电梯里和你巧遇，当然不是真的巧遇，而是我安排出来的。那时，我并没有追求你的意思，只想和你开开玩笑，试探一下你是怎么样的一个人。当时，你谈笑风生，天真烂漫。我用各种颓废的态度来对你，你心无城府，纤尘不染，只是一个劲儿鼓励我，使我当时就觉得惭愧得无地自容。而且——"他振作了一下，深深沉沉地注视她，眼神虔诚、热烈而真挚，"你相信吗？仅仅是那么短的时间，你已经征服了我！"她不语，瞪着他，怀疑他那么会演戏，现在说的话里又有几分真实性？他仍然在玩弄她吗？他仍然在编故事吗？想起这两个月来，被他骗得团团转，她就又牙根发痒，恨不得狠狠咬他一口。"接着，我们几乎每天见面了，我也几乎每天想把真相抖出来，但是，大哥极力赞成我的做法，爸爸也站在大哥一边，因为他深解人情世故，他早就看到我所看到的事情，妈妈更赞成，她私下对我说：'娶一个真实的人回来，不要娶一个美丽的躯壳回来！'他们全体打扮我，给我穿破牛仔裤、洗白了的衬衫，甚至掏空我的口袋，免得我露出马脚，这样，我的戏只能一天又一天地演下去了！"他停了停，把头放在膝盖上。

原来你们父母兄弟全家串通好了的！她心中的怒气在往上升，原来你们防我像防一条毒蛇一样！原来你们把我看得那么低俗，原来你们全家都怕我爱上你们的钱财势力！你们错了，你们大错特错了……

"我告诉你，迎蓝，"他又继续说了下去，"到后来，这种欺骗对我已经是苦刑，我觉得你天真得像张白纸，我胡说八道，你也听我的，你也不追问。我认为我的欺骗，已变成对你的一种侮辱和伤害，所以……我好几次话到嘴边，又被恐惧堵了回去，我开始害怕你知道真相了，我可以猜出你知道后的反应和愤怒。时间过得越久，我越害怕，就越说不出口。昨天，我本来已经下定决心，要和你说真话了，偏偏黎之伟来一闹，你又受了惊吓又受了伤，我……"他苦恼地用手抓头发，"我看你又累又弱又楚楚动人，我简直爱疯了你！我说不出口，我怎能说，迎蓝，我一直在骗你，我怕你会看上我的地位金钱而爱我？这是多大的侮辱和藐视！我说不出口，结果又说了另一个谎言，我说我结过婚，你哭得心碎，我看得心碎。我招认没结过婚时，逼着你答应了我一句话，你还记得吗？"她紧闭着嘴不说话。"我说，无论发生了什么事，你都不能离开我！你答应了，记得吗？你答应了。

所以，原谅我吧，迎蓝。原谅我对你的欺骗！我承认，我——是做错了。怪只怪，当我做的时候，我并没想到你是这样纯洁而善良的。"

她仍然紧闭着嘴不说话。

他焦灼地去握她的手，去拂开她额前的短发。

"说话吧！"他祈求地，"你一直不说话，说一句话吧！迎蓝！"她仍然不说，眼光直射出去，透过他的身子，不知道在看什么遥远的东西。他开始焦急地去摇她的肩。

"说话！迎蓝，请你说一句话，你可以骂我，可以生气，但是，不要这么沉默！"她仍然沉默，奇怪的是，她现在不能想阿奇，反而想起黎之伟的话："……你已经被萧家迷住了！你帮他们说话！你已经成了萧人奇的俘虏，你和采薇一样浅薄无知！"

"……他先扮演穷小子，再恢复阔少爷的身份，这样，你才能区别两者之间有多大差异！"

然后，她眼前又浮起第一次见到的阿奇：

"我赌你三年之内，会嫁到萧家去！"

第一次见面，他已经知道她翻不出他的手掌心了！他对自己多有自信！多狂！多傲！他早就看扁了她！而她居然笨到连思想分析的能力都没有，就傻傻地往他布好的陷阱里跳下去！然后，她又想起了采薇，她那悲哀而含蓄的话：

"说不定，你也会走进萧家来，那么，我们就比朋友更亲了！"

她想着想着，越想越多，越想越气馁，越想越悲切，越想越沮丧，越想越"自卑"了。

"迎蓝，"他忍不住了，喊着，一面捏住她的下巴，强迫她面对自己，"看着我！迎蓝。"他说："看着我！"

她看着他，完全被动的。

"我说了那么多，你能了解吗？你能原谅吗？"

她定定地看他，终于，她开了口，她的声音好像从深远的山谷中传来，连自己都觉得陌生。

"我不认识你，萧人奇！我曾经认识一个男孩，叫阿奇，他吃苦耐劳，善良真诚，我好喜欢好喜欢他。如果是他得罪了我，我什么都可以原谅他，但是，他不见了。而你，萧人奇，我不认识你！"他的脸色大变，眼神痛楚而狂乱，声音低沉。

"你在说些什么？"他问。

"我说——"她安静地、面无表情地，"我不认识你。我不懂——你为什么要纠缠我？"

他扑过去，用双手捧住她的脸庞，急切地迫近她。

"你有理由生气，"他说，"没有理由否定我！"

"我没有否定你，"她幽幽地说，语气不温不火，几乎不掺杂丝毫感情，"你是萧人奇。"

"就是阿奇！"他说。

"不是阿奇！"她坚定而平稳地说，"阿奇爱开玩笑，但是不会用心机！阿奇尊重我，不会玩弄我！阿奇善良多情，决不奸诈险恶！不，你不是阿奇，请你不要冒充阿奇来迷惑我！"

他定定地看她，眼中燃烧起两股怒火。但是，他的声音仍然压抑而忍耐。"好，"他说，"萧人奇是坏蛋！让我们忘记萧人奇，那么，我是不是阿奇了？""你不是。"她悲哀地说，悲哀地看着他，"你是萧人奇，一个陌生人，你把阿奇杀死了。也把我杀死了。"

他重重地呼吸，胸腔在剧烈地起伏，他咽了一口口水，喉结在颈子上滚动。他努力在压制自己，仍然竭力维持着声调的平稳："迎蓝，你讲不讲理？"

"讲，我一直讲理。""那么，承认我，我只是姓了萧，那不是我的罪过，别为了这个就把我推翻得干干净净。迎蓝，如果我不是这么爱你，我不会这样求你。"她闭紧嘴巴，又恢复了沉默。眼睛中流露出一股心不在焉的神情。他死死地看了她一会儿，然后，他把嘴唇压在她的唇上，她没动，也没有反应，好像她是个蜡人。他抬起头来看她，她的眼睛睁得大大的。"你在干什么？"她问，语气中终于有了些"感情"，是愤怒，而不是柔情。"想找回我们的过去！"

"我们没有过去！"她咬牙说，怒气挂在眉梢眼底，"你再敢碰我……"他不等她说完，就一把抱住她，再去找寻她的嘴唇。她一翻身从床上坐起来，他用力把她抱牢，她开始挣扎，她从没经过这样强烈的挣扎。他本能地想制服她，她拳打脚踢，又用牙咬，他就是不放松她。她怎样都挣不掉他那铁箍似的双臂，她累极了，仰着头，她瞪着他，停止了挣扎。她一个字一个字地说："萧先生，如果你倚仗你是达远的小老板，而来强暴我，我是无力反抗的，你动手吧！"

他颓然地一松手，把她推倒在床上，自己连退了三步，站在老远的地方看着她。她无力地躺着，蜷缩着身子，像个被伤害了的虾子。她的头发披散在雪白的被单上，脸色几乎像被单一样，白得吓人。她轻声说：

"再见！阿奇。"这一句"阿奇"使他大大地震动了，把他每根神经都抽痛了。他立即整个崩溃，扑过去，他跪在她的床头，用双手紧捧着她的手，她的手又冷又颤，他惊慌地去摸她的额，又去摸她的脸，她额上滚烫而双颊冰冷。他拉开棉被，把她紧紧裹住，焦灼地去看她的眼睛，她已经把眼睛闭起来了，长长的睫毛在她苍白的面颊上留下一排阴影。他凑向她的耳边，柔声请求："我带你去医院，好吗？"

"不要！"她冷淡而嫌恶地，"别对我玩输血的花样！我没那么娇弱！""什么输血的花样？"他听不懂，"你病了，你在发烧！"

"我没有。"她抗拒着，"我只是累了，我要睡觉，你为什么还不走？""我在这儿陪你好不好？等韶青回来我就走！"他坐在床沿上，怜惜而心痛地看她，强烈的自责把他五脏六腑都绞痛了。为什么要对她凶呢？为什么要对她吼呢？为什么要去强吻她呢？他早就该看出来，她根本又病又累又衰弱，从昨天受伤后，她根本没有好好休息过。而打击却接二连三地在刺伤她。她躺着，似乎浑身无力了。闭着眼睛，她沉沉欲睡。他忍不住就伸出手去，轻轻抚弄她那散乱的头发。这碰触使她像触电般惊醒过来，睁大眼睛，她惊愕地看他："你还没有走？"

"我陪你！"他慌忙说，"等韶青回来我就走。"

她伸手拂开了他的手，从床上坐了起来，她瞪着他，眼光清亮。"看样子，我不跟你说清楚，你是不会走的了。"她说，声音沉重而清晰，"听我说，我明天早上会去达远，把我未完成的工作交代清楚，我不会留在达远工作了。你呢？不管你是阿奇还是萧人奇，我们之间已经没有戏可唱了。请你放我一条生路，再也不要来纠缠我！"

他死死地盯着她的眼睛。

"我们明天再谈这问题，好不好？"他说，"今天你不舒服，又在气头上，我不和你争辩！明天，等你精神好一些，我们再慢慢谈！""不！"她忽然固执了起来，"你既然不肯走，我们就把话讲清楚。我没什么不舒服，精神也好得很。"她拥着棉被，神志清晰地面对他，一脸的坚决、固执和倔强，"你从阿奇变成萧人奇，对我不只是欺骗，而且是人格上的侮辱。我从一开始就说过，我不嫁萧家人，现在，我也不会自己打自己的耳光。我更不会和一个从开始就轻视我、怀疑我、把我当无耻小人来试探的人交朋友，所以，我们之间已经彻彻底底地结束了。我想，这对你不会是什么损失，你父亲会再征聘秘书的，你还有成千上万的机会去挑选，你会遇到一个比我美丽、比我优秀一千倍一万倍的女孩……"

"不要说这种讽刺的话！"他打断她，嘴唇干燥得裂开了。他的眼睛幽幽地闪烁着，阴郁，哀愁，而绝望。"只讲一句，你怎么样可以原谅我？"她摇摇头。"这根本不是原谅不原谅的问题，这是彼此尊重不尊重的问题，在我人格被怀疑的前提下，没有感情可言。如果我们继续交朋友，我铁定我们不会像以前那样快乐了，这种耻辱会永远燃烧在我心里，我非但无法再爱你，我会恨你、仇视你，甚至想报复你，不只想报复你一个人，想报复你们全家，因为你们联合起来对付我。哦，不行！"她拼命摇头，"萧人奇，我已经不再爱你了。"

"我是阿奇！"他低声、挣扎地说。

"好吧，"她忍耐地咬嘴唇，"阿奇，我已经不再爱你了！"

他阴沉地看她，咬牙说：

"你到底要逼我怎么做？和我爸爸脱离父子关系吗？"

"荒唐！"她嗤之以鼻，"脱离了关系你也是萧人奇！你不要幼稚！如果你认为经过这种侮辱之后，我还能和你继续交往，那么，你也未免太小看我了！你说！为什么你迟迟不敢告诉我真相？事实上，你心里也明白，告诉我之后，要面临的就是结束。因为，我虽然渺小，还有自尊，还有傲骨！"

他凝视她，打了个冷战。忽然体会出来，这不只是情侣间的怄气，这是种彻底的毁灭！他落进了自己的陷阱，一手造成了这种无可挽救的局面。他从床沿上站起身来，眼光阴郁如死，声音僵硬："你的意思是说，绝对无法挽回了？"

"是。""你相当无情，你知道吗？"他憋着气，"我一生没有对任何人如此低声下气，没有求过人，没有这样被刺伤过！你是个可怕的女人，你的心像被冰山冻住的铁，又冷又硬又尖利！"

她瞅着他，低哑地说："谢谢你的赞美！"他内心似乎有根绳子，紧紧地一抽。他的眉头锁成了一条线。心里在懊恼地自责，他又说错了话！怎么样说，他都没有权利在这个时候攻击她的。可是，那股男性的自尊强烈地从心底浮起来。该说的话也说尽了，她那倔强苍白的脸依然凝着寒冰，再求下去，他就把所有男儿志气都磨光了。

他毅然地甩甩头，大踏步地走向门口，伸手去握住门柄。忽然，他有种强烈的幻觉，幻想她在身后喊。

第五章

　　"阿奇！回来！"他倏然回头。她坐在那儿，像一尊石像，那紧闭的双唇，连动都没动。他狠狠咬牙，用力摇头，摇掉了那幻想中的呼唤，打开房门，他冲出房间，砰然一声，用力地带上了房门。

　　她被那房门声震动了一下，抬起头来，她看着那扇关闭着的门，觉得那"砰"然的声音，始终在脑子里回荡，就像有人拿个大铁锤，在敲一个巨钟一般。她倒在床上，用双手紧抱住头，泪水沿着眼角滚落下来，很快地浸湿了床单。

　　迎蓝一觉睡醒，早已日上三竿，整个房间，似乎都被那初秋的阳光照射得暖洋洋的。她疲倦地翻了一个身，觉得鼻子也塞住了，头也昏昏的，全身又酸又痛，一点力气也没有。她睁眼凝望，一眼就看见韶青正弯着腰，对她好脾气地笑着。"嗨!"韶青笑着说,"你发了一夜烧,胡说八道地讲梦话,把我吓了一跳。""我讲梦话?"她惊讶地说,"我才不信!"

"真的,你一直在说什么老头、斧头、大头、人头、眉头、心头的。你准是常常听到那支一个老头穿靴头的怪歌,夜里就开始胡言乱语!我半夜爬起来,塞了你两片阿司匹林,喂了你一大杯冰水,你还记得吗?"

"哦,"她失神地说,"我不记得了!"她想着那老头斧头眉头心头的梦话,奇怪自己怎么会说这些!噢,准是那两句词:"此情无计可消除,才下眉头,却上心头。"她叹口气,看看手表,不禁叫了起来:"都十点多钟了?你怎么不叫我起床,我还要去办公室办移交呢!"

"放心,"韶青整理她的被褥,把她按回床上去躺着,"你好好休息两天吧,我已经帮你打电话去达远,说你生病了要请天假,后来董事长又亲自回电话来,要你好好养病,养个三天五天都不要紧。""哼!"她哼着,"我不是要请假,我是不干了!"她掀开棉被,站起身来,不禁头晕目眩、两腿发软,她不自禁地又坐回到床上。"瞧吧,"韶青说,"人又不是铁打的,受了伤也不在乎,生了病自己也不知道,每天还东跑西跑忙得很……你昨天下午哪里去啦?""去碧潭,大概在河边吹了风。"她吸吸鼻子,"不过是感冒了,没什么了不起,给我一颗康得六百就好了。"

"你少乱吃成药！我给你煮了一碗红糖生姜水，你趁热给我喝了吧！""你这才是老婆婆处方呢！"

"嗨，别看老婆婆处方，有用得很呢！"韶青笑着奔进厨房，厨房里，已飘过来阵阵姜茶的味道，倒也香得刺鼻。

迎蓝勉强起身，去浴室梳洗了一番，镜子里的人果然憔悴消瘦。她回到房间来，韶青早把姜茶热腾腾地放在桌上，还有片烤得焦焦的面包和一个荷包蛋。

"来吃点东西吧，生病也不能饿肚子。"

她愣了愣，顿感饥肠辘辘，这才想起，昨晚给阿奇一闹，晚饭也没吃。她坐在桌上，慢吞吞地喝着姜茶，吃着面包，忽然想起来："韶青，你今天怎么没上班？你为什么不吃呢？"

"还不是为了你！"韶青笑着伸伸懒腰，"一夜听你唱什么老头靴头，闹得我就没睡好，早上看你昏昏沉沉，实在放不下心，干脆请一天假陪你！至于早饭嘛，现在快十一点了，我早就吃过了。"迎蓝歉然地笑笑："我真麻烦，是不是？"

"是。"韶青脸色一正，把身子蜷在椅子中，仔细地看她，"你和阿奇还是闹翻了？""翻了。""还有救没有？""我想没有！"韶青一呼地从椅上跳到地下，瞪大眼睛看她，仿佛她是个怪物。"我真不知道你在闹些什么。"她叫着，"阿奇有哪一点配不上你，你倒说说看。现在的社会，女多于男，阴盛阳衰，你再摆两年架子，青春一去，什么人都不会要你了！那阿奇又帅又高又挺拔，对你又那么痴情，你怎么和他说翻脸就翻脸！"

"你根本不了解，"她皱眉说，"故事可长了！"

"我不了解？"韶青走回到桌边来，双手撑着桌面，注视她，"因为阿奇就是萧彬的儿子？因为他装成穷小子来追你？"

"你怎么知道？""人家坐在这儿等你一下午，什么事都跟我说了。"

"哦？"她咽了一大口姜茶，"你看！我还能和他交往吗？他侮辱了我！""啧啧啧，"韶青咂嘴，"不要把自己抬得太高好不好？我实在不了解你，你口口声声说他欺骗，他唯一做的只是隐瞒了身份，这根本不算是欺骗，更谈不到侮辱。如果他反过来，本身是个穷小子，而冒充为阔公子，才是欺骗呢！何况，这件事对你只有好，没有坏……"

"韶青，"迎蓝打断了她，"阿奇昨天给了你多少钱，要你帮他说好话？""你——"韶青气得眉毛打结，"你这算什么话？我完全是为你好！你以为我是为钱做事的人吗？"

"为什么生气？"迎蓝深深地看她，"人家还以为我是为了钱才会结婚恋爱呢！"韶青怔了怔："你觉得你举例恰当吗？你不觉得你太过分了？"

"我不觉得。"她固执地说，"你了解萧家吗？他们伤害过许多人，像商场中的大吃小，像婚姻中的夺人所爱，他们从不觉得是自己对不起人，只想别人怎么对不起自己。他们所有的立场和出发点，只有两个字：自私！拿阿奇来说，他追求我，可是，他先防卫他自己。然后，他以为故事拆穿了，我的反应顶多和你一样，终究是一笑置之。所以他敢做，他敢一天又一天地欺骗我，他认为他反正立于不败之地，像你说的，他又不是穷小子冒充阔公子，算什么欺骗呢！事实上，欺骗就是欺骗，爱人之中就不允许有欺骗，他骗了我就是不信任我！这么多年来，他们萧家人予取予求，要什么有什么，我要给他们一个教训，让他们知道，也有他们得不到的东西！"

　　韶青坐下来，开始为迎蓝削一个苹果，她看看她，摇摇头："迎蓝，你的个性太强了，最后，吃亏的还是你自己，听我的吧！阿奇是值得女孩倒追的男孩子！"

　　"我永远不会倒追任何男孩子！"

　　"我问你，"韶青好奇地看她，笑了笑，"假若阿奇并没有骗你，他确实是个穷小子，不只是穷小子，他还是杀人犯，逃狱的人，正在被追捕当中，换言之，还是个坏小子，那么，你就满意了吗？你就死心塌地地爱他了吗？反而不受伤也不生气了吗？"她沉思，喝光了姜茶。

　　"可能。"她说，"最起码我没被骗！"

　　"荒唐！"韶青叫道，"你荒唐而固执，你小说看得太多了，对人生了解得太少了！"她把苹果放在盘子里推到她面前，"吃点水果，然后到床上去躺着。我到菜市场去买点菜，自己烧点东西吃，难得我们两个都在家。每天吃速食，吃得我真倒胃口。""少买点菜！"迎蓝啃着苹果说，"我今天晚上不在家吃饭，有人请客！""哦，"她怔住了，"谁请你？"

"那个拿刀子顶我脖子的人，黎之伟。"

"也是昨天带你去碧潭吹冷风的人？"

"嗯。"她哼着。韶青呆站了片刻，沉思着，然后抬起头来，开朗地笑了。

"阔公子退位，穷小子登场。"她笑着说，"迎蓝，我真没想到你'嫌富爱穷'到这个地步，咱们那菜市场，还有个衣不蔽体的小乞丐，要不要我带回家来给你看看！"

"你少胡说八道了！"迎蓝忍不住也笑了起来，"黎之伟不是我的男朋友，他是祝采薇的。"

韶青摇头："我搞不懂你们，这种关系会让我头昏脑涨。"她去厨房取了菜篮出来，坚决地说："迎蓝，你今天不许出去，病没好，再累着，我对你妈妈无法交代。你和那个黎之伟，就在我们家吃饭，我弄菜给你们吃，如果需要我退场，你给我个暗示，我马上出去坐咖啡馆！""别胡思乱想了！"迎蓝嘟着嘴，骂着，"我又不是女色情狂，见一个爱一个的！对黎之伟，我不过是想鼓励他振作起来而已。""危险！"韶青伸伸舌头，"如果我是男人，有你这样一位才貌双全的女孩来鼓励我，我非被鼓励得'忘了我是谁'不可！""你再胡扯！"迎蓝笑着站起身来，想找样东西来打她。韶青慌忙逃出房间，一面关上门，一面说：

"哈！我总算把你逗笑了！"

韶青走了。迎蓝把吃脏的杯子碟子洗干净了，收拾好房间。她们这间卧房带客厅带餐厅的小公寓总算还雅洁可喜。整个打扫完了，她又倦了，往床上一躺，不知怎么，就又沉沉入睡了。再睡了这么一大觉，到晚上，她是真的精神振作，神采焕发了。病也好了。韶青的"老婆婆药方"显然有效。她换了件鹅黄色的衣裳，带着三分娇弱，坐在客厅里，连韶青都说她是"我见犹怜"的。黎之伟准时来了，韶青殷勤招呼，他注视迎蓝，知道她已卧病一天，就跌脚叹息了。

"我昨天就知道她不对劲，应该马上去看医生的，她自己一直说没事没事！""不过，也被我们家的李大夫给治好了。"迎蓝笑着说。

"李大夫？"黎之伟怔了怔。

"就是李韶青呀！"迎蓝笑着，"她是我的私人大夫，私人护士……""私人管家，"韶青笑嘻嘻地说，"私人秘书，还有私人大厨师！"她拉开椅子，请黎之伟坐。"黎之伟，你坐坐，我这个私人大厨师要去表演手艺了。"

黎之伟坐下来，好奇地打量这房间，又好奇地看看

93

韶青的背影："能有个知心的朋友一起住，实在不错，是不是？"他正色看她了，"你和萧人奇的交涉办得怎么样了？"

"已经了断了。"她说，脸色阴暗下来。

"真了断了吗？"黎之伟不信任地说。

"真的，我跟他说得清清楚楚了，他也是个很骄傲的人，今天一整天，他连电话都没打过一个！"

"你很遗憾？"他一针见血地，"你在期望他的电话，是不是？"他对她不赞同地深深摇头："你仍然很喜欢他！这也难怪，毕竟，你已经付出了那么多，不是一天半天就能收回来的！"她不语，有种被人看穿心事的尴尬。

韶青出来了，端着菜盘。迎蓝慌忙跳起来帮忙，张罗碗筷，布置餐桌。多亏韶青能干，居然做了五菜一汤，有狮子头、韭黄炒肚丝、青椒牛肉、蛋饺和一盘素菜。汤是纯纯的鸡汤，一桌子香喷喷的，香得迎蓝都在咽口水，她觉得饿得可以把整个桌子都吃下去，不禁由衷地欢呼起来：

"韶青，你真是天才！我不知道你还会包蛋饺！"

"天才？"韶青笑脸迎人，"现在这时代，女人都坐办公桌，连一些女性基本应该会做的事，都变成了天才！这实在不知道是进步还是退步！"她望着黎之伟："你要不要喝一点酒？"

"哎呀！"迎蓝惊呼，"不能给他酒喝！这个人一喝酒就变样子！千万别拿酒来！""只一小杯葡萄酒，"韶青笑着说，"葡萄酒根本喝不醉！"

　　"是的！"黎之伟的酒瘾发了，慌忙接话，"那和喝糖水差不多。迎蓝，你也该喝一点，能治感冒！"

　　韶青拿了一瓶红葡萄酒来，又拿了三个杯子。大家坐下，喝了一点酒，吃了许多菜，一层浓郁的、和谐的、像家庭般的温暖气氛，就在餐桌间弥漫开来。逐渐地，大家都摆脱掉拘束与心事，都变得热烈而兴奋起来，大家都有些薄醉。本来，三个人都各怀心事，这一会儿，酒入愁肠，就都发生了作用。韶青变得非常爱笑，动一动就笑，说一句话也笑，这笑像传染般立即传给了迎蓝，她也笑了起来，一笑就不可止。两个女孩的笑当然刺激了黎之伟，他也笑起来，一时间，满屋子里充满了笑声。"黎之伟，"迎蓝边笑边说，"你为什么留那么多胡子？"

　　"对啊！"韶青也笑着接话，"我开门时没看清楚，以为来了一只大猩猩！"黎之伟用手摸胡子，笑着说："因为我的嘴长得很难看，我把它藏在胡子里，你们就看不清它有多丑了！""不行！"迎蓝叫着，"你要把胡子剃掉！"

　　"不剃！"黎之伟叫，"我是兔唇！"

　　"胡说！"韶青直扑过去，要分开他的胡子，找他的嘴，"给我看看是不是兔唇！""他不是兔唇，"迎蓝笑得伏在桌子上，"他是鸭唇，像唐老鸭一样，呱呱呱的。""他还是顽皮豹唇呢！"韶青笑着说，忽然惊呼，"哎呀，不得了，迎蓝，他只有胡子，没有嘴！"

迎蓝大笑特笑了。她站起来，抱住韶青，把她抱回椅子上，笑着说："你喝醉了，韶青，你醉了。"

韶青坐正身子，又给每人倒满了酒杯。

"我告诉你们，我为什么留胡子。"黎之伟喝了一大口酒，正色说，"有一天晚上，我带了一个女孩出去吃夜宵，那女孩盯着我的嘴看，我知道我的嘴是五官里最丑的，我说：别看我的嘴！那女孩说：我就喜欢你的嘴！后来，那女孩又看我的腿，我说：别看我的腿！他妈的，就是这两条腿长坏了，如果再长那么两三厘米，我就有一八〇了，你知道，迎蓝，萧家两兄弟都不止一八〇，抢球、跑垒、抢女朋友都比别人强，我最恨我的腿了。谁知道，那女孩对我纯纯地说：我最喜欢你的腿了！哈，我这一乐，当场就写了一支歌！"他拿筷子敲着盘子，大唱起来："不看你的嘴，不看你的腿，看了之后心里跳，不知是否撞到鬼……"

迎蓝和韶青笑得滚在一起，笑得眼泪都出来了。两人拿着餐巾纸，彼此给对方擦眼泪。黎之伟喝着酒，大声地说："故事还没有完呢！""说呀！"迎蓝笑着喊，"说下去呀！"

"一星期以后，"黎之伟继续说，"我在一家咖啡厅又碰到这个女孩，她正和一位男歌星在一起，我听到那女孩在说：我最喜欢听你唱歌，我最喜欢听你吹牛了。那男歌星轻飘飘的就快神魂颠倒了。我忍不住走过去，又唱了一支歌！"他再度"击盘"而歌："某年某月的某一天，就像一张破碎的脸，难以忘掉你歌声，就让一切走远。这不是件容易的事，我们却都没有哭泣。那人有张大嘴，你又能歌能吹，到如今年复一年，我不能停止恭维，恭维你，恭维他，恭维那遍地苍生，只为那虚荣的手，掐死我的温柔。"

迎蓝是笑得不能待在餐桌上了，她又笑又跳，倒在床上，捧着肚子，韶青也笑不可抑，笑得把酒杯都弄翻了，只有黎之伟不笑了，他用一只手握着酒杯，一只手托着下巴，呆呆地凝视着屋里两个爱笑的女孩。韶青好不容易笑停了，抬头望着黎之伟。"黎之伟，"她说，"你的歌唱得很好！"

"应该当歌星的，是不是？"他反问。

"再唱一支给我们听听！"

"好！"他爽朗地应着，立即唱：

对酒当歌，人生几何？
譬如朝露，去日苦多……

迎蓝笑着奔过来，抱住他的手臂，又摇又喊：

"不要唱这样的歌，不要唱悲哀的！我们都没有悲哀，没有失意，没有烦恼，对不对？我们唱快乐的、开心的歌，唱呀！黎之伟，唱呀！"

黎之伟真的又唱了：

> 阿桌阿上一瓶葡萄酒，
>
> 阿娇阿娇艳得红透透，
>
> 阿黎背着那重重的壳呀，
>
> 一步一步地往上爬。
>
> 七楼七楼两只黄鹂鸟，
>
> 阿嘻阿哈哈地在笑他，
>
> 醇酒美人你无份呀，
>
> 你要上来干什么？
>
> 阿蓝阿青啊不要笑，
>
> 酒不醉人人自醉了。

他匍匐在桌上，似乎真的醉了。迎蓝抱住了他的肩，把面颊靠在他背上，眼眶红了。韶青跟着那拍子，摇头晃脑重复着他那最后两句歌词：

"阿蓝阿青啊不要笑，酒不醉人人自醉了。"

就在大家都已"忘了我是谁"的时候，门铃忽然响了起来。韶青依然摇头晃脑地唱着歌，脚步踉跄地走去开门。迎蓝依然靠在黎之伟的背上，用手梳弄着他的浓发，黎之伟依然匍匐在桌上，嘴里还哼哼哈哈地不知唱着什么。门开了。阿奇大踏步地走了进来，手里抱着一束清香娇嫩的茉莉花。面对屋里的这个局面，他一呆，手里的花束散落到地上去了。

迎蓝慢慢地把头抬起来，看到阿奇了。她双颊红艳艳的，嘴唇也红艳艳的，眼睛水汪汪的，笑容也水汪汪的。她在桌上倒了一杯红葡萄酒，含笑地走过去，一面递上酒，一面轻轻地唱着：

> 阿桌阿上一瓶葡萄酒，
> 阿娇阿娇艳得红透透，
> ……

阿奇一把夺过酒杯，恼怒地问：

"你们这是在干什么？"

黎之伟从他匍匐的地方抬起头来了。他慢慢地站起身来，慢慢地回过头来，慢慢地走到阿奇面前，他用左手拥着韶青，用右手拥着迎蓝，笑嘻嘻地说：

"你不知道我们在干什么吗？"

阿奇对他怒目而视，哑声说：

"你就不能离她远一点吗？"

"你就不能离她远一点吗？"黎之伟一模一样地顶了回去。他笑嘻嘻地吻了吻韶青的面颊，又笑嘻嘻地吻了吻迎蓝的面颊："我们正在开庆祝会！庆祝我们的新生！是吗？"他问迎蓝："庆祝我们摆脱萧家的魔影，重新找回我们自己，是不是？迎蓝，你为什么不赶这个人走？为什么要让他来破坏我们的欢乐？"迎蓝笑嘻嘻地抬起头来，笑嘻嘻地对阿奇说：

"你来做什么？你走吧！我们在唱歌呢！"

阿奇伸手去抓迎蓝。"你醉了！"他喊。黎之伟慌忙把迎蓝拉开，迎蓝几乎完全倒在他怀中。他揽紧了迎蓝，对阿奇暴怒地喊：

"你少碰她！她并没有要见你！"

"迎蓝！"阿奇忍耐地叫了一声，眼光直直地看着迎蓝，"你说一句话，如果你真跟了这个人，我们之间就一刀两断；如果我再来纠缠你，我就是乌龟王八蛋！我说到做到，只要你一句话！"迎蓝醉眼迷蒙地看他，笑容可掬。

"一句话？"她喃喃地重复着。

"一句话！"他大声说。

迎蓝笑看黎之伟，又笑看韶青，最后笑看阿奇。

"再见！"她笑嘻嘻地说。

阿奇所有的肌肉都僵硬了，他死死地再看了她一眼，死死地又看了黎之伟一眼，再看那杯盘狼藉的桌子，那瓶已快喝完的红葡萄酒，他甩甩头，毅然决然地转过身子，头也不回地走出去了。迎蓝笑着坐在地毯上，笑着拾起那些茉莉花，笑着把面颊依偎到那小小的花朵上去。

韶青依旧在唱着："阿蓝阿青啊不要笑，酒不醉人人自醉了！"

迎蓝许多天都没有去达远。

这些天，她都过得相当懒散，吃吃喝喝睡睡，偶尔和黎之伟出去走走。她不去达远，实在是一种逃避，刚开始想辞职的那种决心，已有些动摇，她知道找工作的困难，可是，不辞职，她又不知道如何面对达远、萧彬，和随时可能碰面的阿奇。而且，最主要的，她不知道怎么向萧彬开口。

这些日子里，黎之伟天天都来，已成为她们小公寓里的常客。迎蓝和韶青都同样欢迎他，因为他已收起他的愁苦面，他能说能笑能唱，常常逗得迎蓝和韶青狂笑不已。黎之伟不大提他的工作情形，大家也心照不宣不闻不问。几天下来，他们三个之间就建立了一种非常微妙的关系，像家人，像兄妹，又比家人和兄妹间更坦白、更亲切。黎之伟常在深夜带瓶酒来，两个女孩都没什么酒量，黎之伟是不醉也带三分酒意的。因此，三个人也曾又哭又笑，各人谈各人男友、女友，有失去的，有闹翻的，有根本得不到的。

这一天早晨，迎蓝终于决定面对现实了，她必须和达远之间作一番了断。梳洗过后，她整洁而清爽，穿了套比较正式的衣服，她去了达远。

一走进达远的电梯，她顿感心头悸痛，和阿奇在电梯中相遇的一幕仍然紧扣心弦。走出电梯，她四面张望，公司里的经理级刚刚来上班，见到她，每个人都点头致意，总经理还特别跑过来和她握握手。

"病好了吗？这种忽冷忽热的天气最容易害病。你赶快恢复上班吧，你不来，整个公司都乱乱的！"

她微笑不语，只敏感地觉得，每双凝视她的眼光都是怪异的、好奇的。她很快地退进自己的办公室，萧彬还没有来上班。她放下皮包，开始整理抽屉里的档案、文件、书信……把它们分门别类地用回纹针、橡皮筋绑起来，以便于下一任的秘书接手。下一任的秘书，她的手停顿了一下，她会是谁？一定够漂亮、够温柔、够迷人的，她会是阿奇的捕获物了吧？

她正想得出神，桌上的叫人铃响了。萧彬来了，她的心"怦"地一跳，居然像第一次应征那么心慌意乱。

她走进了董事长室，萧彬不在办公桌后面，他在会客室的沙发中坐着，深深地在抽一支烟。

"过来！迎蓝。"他的声音平静而带着权威性，"到这边来坐坐。"她顺从地走了过去，在他对面坐了下来。

他熄灭了烟蒂，仔细地看她。

"病全好了？"他问。"嗯。"她哼着。"是身体上的病呢，还是心病？"他再问，开门见山地把话题立刻拉进主题。她瞪视他，觉得自己有些木讷。"都有。"终于，她吐出两个字来，决定不绕弯子，以坦白对坦白，"我今天来办移交，希望你先找个人来接收一下，在你找到新秘书以前，我想，总经理那儿的江小姐，可以先来兼任一下。""你要辞职？决定了？"他眼光锐利。

"嗯，决定了。"她说。

他又燃起一支烟，慢吞吞地吸着，慢吞吞地说：

"你要走，你有自由，我不会勉强你留下。但是，你最好想想清楚，在台北找工作并不容易，达远的待遇不低，工作环境和性质都是第一流的。这些日子来，你帮了我很多忙，我不能不承认你是个好秘书。你能不能把你的工作和你的感情问题分开来，不要混为一谈？"

她沉思了片刻。"恐怕不行。"她说，"我如果在这儿上班，我就逃不开阿奇！""阿奇已经走了。"他静静地说。

她吓了一跳。"走了？走到哪儿去了？"她惊问。

"他自己请求调美国办事处，走得很匆忙，也很坚决。我只有两个儿子，大儿子娶了祝采薇，小儿子走了，我的弟弟们都已结婚，侄儿里最大的只有十三岁，最小的才出世……你对我们萧家，是不是可以放心了？"

她瞅着他，他眉头微皱，声音沉稳，可是，他全身都带着某种既无奈又伤感的情绪。他再吸了口烟，正视着她。

"人真奇怪，"他说，"到了老年，就会恐惧家庭的分散，我很喜欢阿奇，他走了，我觉得我像是失去了一只手臂，平常，公司里许多大决定，都是他做的。我那大儿子像妈妈，性格文静，这小儿子就像我，做事果断而富侵略性。我始终没跟你说清楚，他一直在五楼上班，五楼是我们的企划部，他是那儿的总负责人。他这一走，企划部等于垮台，所以，他决心要走的时候，我非常生气，我骂他不负责任，他却为了一段感情，就逃到天涯海角去。他生平第一次，那么沉默着不说话，不反抗，不顶嘴，也不申辩，拎了个小皮箱，只装了点换洗衣服，掉头就走了。他妈妈追到机场，还想阻止他出境，他对他妈妈说：又不是生离死别，伤心什么？你们随时可以来看我。我也随时可以飞回来！就这样，他就走了。"

迎蓝睁大眼睛，眼里忽然就蒙上了一层泪光。她想开口说什么，喉咙哑哑的，就是说不出口。萧彬振作了一下，坐正身子，再看她："你怪我们家集体在骗你，是吗？迎蓝，我们从来没有骗过你！"她惊愕地抬头看他，眼里仍然有泪水在转动。

"你刚来的时候，我们对你都不怎么认识，阿奇骗了一个他不认得的陌生女孩，等他认得你之后，他一心一意只想保护你，绝不想伤害你。迎蓝，你用心想一想吧！为什么把他骗一个陌生女孩的罪过要拉到自己身上去，假若他一见你，就知道你是你，他怎么会骗你？怎么会把自己弄得那么悲惨？一定要远走高飞？他一向就没缺过女朋友，他对所有的女孩都提得起、放得下！"她眨着眼睛，一语不发，睫毛上闪着泪珠，在那儿摇摇欲坠。她呆呆地看着萧彬。

"好了，"萧彬站起身来，"如果你决心辞职，我不留你；如果你愿意留在达远，我很感激——我已经再没有兴趣招考女秘书了。如果你真不干了，我要找个四十岁以上已婚妇女来代替你。"她也站了起来，直视着萧彬："我——做下去。"

萧彬点点头，从口袋里掏出一个信封，递给她。

"这是阿奇在机场，交给他妈妈的，托她转给你，我不知道他写些什么，如果你不愿意看，可以丢字纸篓！"

她握住了信封，退出萧彬的房间，回到秘书室里，她立刻关紧了房门，望着那信封上龙飞凤舞般的笔迹：

"留交夏迎蓝小姐亲启　阿奇"

她深深吸气，拿起桌上的剪刀，她剪开了封口，抽出了信笺，只看到上面草率而仓促地写着几行字，显然是临上飞机前写的：

只为了一声"再见"，

就这么远远离去，说起来多么潇洒，做起来几番迟疑，

也曾经蓦然回首，找不到灯火阑珊处，也曾经望空呐喊，只看到白云飘然去悠悠，

挥挥衣袖，不说离愁，

偏偏心底荡起那么两句：

才下眉头，却上心头！

就这么短短的几行字，她却泪湿衣襟了，把信笺再念一遍，她发现后面还有一行小字：

又及：如果如果如果如果……有那么一天，你忽然想起了那个叫电梯等人的坏家伙，你可以马上拨一通长途电话，号码是×××—×××××××，找一个姓萧名叫人奇的家伙传话给他，他必归来，与你同在！但是，注意，一周内不打电话，就不要再打了，那坏家伙多半去找金丝猫了！

她抚平了信笺，把信笺摊在桌上，一遍又一遍地读着，一遍又一遍地读那"又及"，直到整封信都能背诵了为止。有一阵，她心血来潮地想拿起电话，直接接美国，又废然地停止了。是她把他赶走的，是她不想见他的，是她要求了断的！而且，他到最后还在威胁她呢！如果一周内不打电话，就不要再打了，他要去找金丝猫了！换言之，他只等一个星期的电话！过期不候！好大的架子！毕竟是萧彬的儿子！

她开始机械化地把信笺折叠起来，收进皮包，心里空荡荡的，像一片空白，空白的底层，却一直反复地荡漾着那封信，和那短短的"又及"。她伸手去拿电话，又强迫自己把手收回来，不能打电话！达远有接线生会偷听！不许打电话，打了，就是她示弱了，她不打！最起码，如果要打，也等过完一星期再打！她心绪乱乱的，脑中昏昏的，拿着一支原子笔，在拍纸簿上胡乱地画着线条，画满了，又开始画圆圈，大圆圈，小圆圈，画着画着，心里却冒出两句话来：

"相思欲寄从何寄？画个圈儿替……"

她的脸蓦然一红，在心里暗骂了一句："不要脸！怎么可以想他？"把这张纸揉成一团，丢进字纸篓，换了一张纸，她开始练字：大、中、小、你、我、他、人、狗、猫……"哇，你在骂我是狗！"阿奇说。"哇！你又骂我是猫！"阿奇说……呸呸，不要脸啊，夏迎蓝！她慌忙再把这张纸丢掉。再度拿起一张纸来，这次，她在整张纸上，写满了两句话：

才下眉头，却上心头！

才下眉头，却上心头！

……

她停了笔，瞪着那张纸，呆住了。完了，今天夜里，又该说梦话："老头、靴头、拳头、斧头"了！她长长地叹口气，用裁纸刀把那张纸机械化地裁成一条又一条，一条又一条，然后，把每一条都结在一起，结成一条好长好长的带子，再慢慢地扔进字纸篓。这一天似乎过得很漫长，工作少之又少，电话也不多。大概萧彬交代过，不要太劳累她。很多公文都不经过她，而直接送到董事长室去了。终于，到了下班时间，她回到家里，韶青也刚回家，正和黎之伟在厨房中合作做晚餐，今晚，黎之伟自己带了一瓶酒来。居然是瓶香槟。"有事情需要庆祝吗？"她问，坐到床边去换掉鞋子。

第六章

"有!"黎之伟走出来,靠在墙上,瞅着她,"庆祝你跟阿奇讲和吧!""你怎么知道我和阿奇讲和了?"她没好气地问。

"因为你没辞职。""我是没辞职,"她大声说,"因为阿奇已经走了,到美国去了。""哦?"黎之伟侧头沉思,"这不知道又是三十六计中的哪一计!""什么?"她叫,"你以为……"

"这叫欲擒故纵,也叫三十六计,走为上计!"黎之伟笑嘻嘻地说,"别对我说你不想他,别告诉我你已经软化了!你瞧,这就是有钱的好处,必要的时候,马上可以有证件有机票去美国,表演一手'失踪',让你先心乱一下,尝尝离别的滋味。那萧老头呢?一定配合了演戏,悲剧性的父亲,留不住最疼爱的儿子。嗯……"他哼着，深刻地盯着她："如果我当时有钱有能力，我也去美国了，好让采薇急一急，说不定一急一疼之下，就大有转机！"他皱皱眉，用手指揉着胡子，若有所思地加了一句："行动真快啊，咱们要去美国，证件就要办一个月！""或者，"迎蓝像从梦中醒来一般，"他根本没走，还在台北……哦，不可能！"她想着那美国办事处的电话号码。"我肯定他已经走了！"黎之伟振作了一下，挑起眉毛，热烈地说：

"管他走了没有！如果你还爱他，他在美国也像在你身边；如果你已经不爱他，他在你身边也像在美国！好吧，就算他去了美国！迎蓝，拿出点精神来！拿出点魄力来！别让我骂你输不起！现在，我要告诉你一个好消息，你知道我为什么带香槟来吗？我回到报社去工作了！"

"是吗？"迎蓝振作了一下，勉强把阿奇抛到脑后去，她定睛看黎之伟，这才注意到他神采飞扬、满面欢愉，和那个用刀抵她脖子的人已差了十万八千里远！那时，他是个凶神恶煞，现在，他是个傲气十足的年轻人了。她从床上跳起来，由衷地感到欣慰："太好了，阿黎。"自从黎之伟唱了那支"阿黎背着重重的壳呀，一步一步往上爬！"的歌，她和韶青，就都简称他为阿黎。就像他偶尔也喊她们两个为"阿蓝、阿青"一样。"那社长对你还不错，是吗？"

"是，他一直对我很好。我告诉他，我决心奋发了，请他再给我一个机会，我说，试用我一个月，我不要薪水！他居然说：不用试了，我看到你的眼神，就知道你大病已愈。所以，我重新被重用了！"

韶青围着围裙，从厨房里跑出来，拍手说：

"好啊！你们两个，等着我做好了侍候你们吃吗？"她笑意盎然，"快快！来帮忙，拿碗筷！"

迎蓝和黎之伟都跑进厨房，端菜的端菜，端汤的端汤，铺餐巾的铺餐巾……一切就绪以后，韶青四面张望，举手说：

"等一等，还少一样东西！"

她从抽屉里找出一根蜡烛和烛杯，把蜡烛燃了起来，放在桌子正中，迎蓝跑去把电灯关掉一部分，只留下窗边的两盏壁灯，室内顿时变得影影绰绰，幽幽雅雅的饶富诗意。黎之伟再跑过去，把落地大窗的纱帘拉了起来，让台北市的万家灯火，都闪烁在云里雾里。然后，他们围桌而坐，黎之伟开了香槟瓶，那瓶盖"砰"然一声，飞到老远，韶青和迎蓝欢声大叫拍手。黎之伟注满了三人的杯子，忽然一本正经地，举杯对迎蓝和韶青说："谢谢你们两个。尤其你，迎蓝，你把我从毁灭中救过来了！我现在才知道，塞翁失马，焉知非福！"

他似乎话中有话。迎蓝的脸色红了红，一仰脖子，干了香槟，她故作轻快地说："好了！现在，我们三个都有工作了。"

"嗯，"韶青举杯，笑盈盈的，"为天下不失业的人干一杯，再为天下失恋的人干一杯！"

黎之伟干了第一杯，然后压住韶青的手，正色说：

"第二杯不喝！'失恋'两个字本身就不通！"

"怎么？"韶青不解。

"'恋'这个字是一种心情、一种感情，只要我们恋爱过，我们永远无法失去，我们所能失去的，可能只是一个人，和我们在这个人身上所加诸的幻想。"

"你很抽象。"韶青说。

"我很具体。"黎之伟盯着她。"阿青，"他语重心长，"离开那个驾驶员吧！他如果真爱你，他不会忍心让你这么痛苦，他会想办法来解决你们之间的问题！"

"你怎么知道我痛苦？"韶青失神地问。

黎之伟用手摸摸她的面颊，和唇边的笑痕。

"笑是遮不掉寂寞的。"他说。

"嗨！"迎蓝插了进来，用手拉住黎之伟的手腕，"你这个人有点问题！"她说。"什么问题？"黎之伟回头望迎蓝，"说说清楚！"

"你怎么劝每个女孩子离开她们的男朋友呢？幸与不幸，是她们自己的事，你为什么要干涉呢！"

黎之伟用手指捏住她的小下巴，把她的头托了起来，他又摇头又皱眉又叹息："迎蓝啊迎蓝，"他深刻地说，

"如果你真陷得那么深，如果你真离不开阿奇，你可以马上打个电话！"

"打个电话？"她吓了一大跳，本能地想到那张信笺，难道黎之伟有透视能力，已看到信笺的内容了吗？

"是啊！打个电话到萧家去，告诉萧彬，你要阿奇回来，我包管你，阿奇明天晚上就站在我站的地方了！"黎之伟说。

她愣愣地望着他。"你争点气吧！"黎之伟忽然怒冲冲地叫，把香槟杯重重地往桌上一蹾，酒从杯子里跳出来，溅湿了桌布。他恼怒地瞪着她，厉声说："有一个摔得比你更重的人都站起来了，你还要往地狱里爬过去吗？你要不要我把你自己说过的话重复一遍给你听！""不。"她轻声说，被动地握着酒杯，"不，不必，我……我不会打电话！"他甩了甩头，重新端起香槟，他用手支住头，默然沉思，眼睛注视着菜盘。忽然，他抬起头来，笑了，一边笑，一边爽朗地说："我真的没这个权利，来干涉你们的恋爱！我很自私，很霸道，只因为我自己失去了爱人，我就希望你们每个人都失去爱人！这是病态，是不正常的！别理我的话，阿青；也别理我的话，阿蓝。你们是自己的主人，要怎么做，就请怎么做！不要再受我的影响了！"他站起身，放下酒杯，转身欲去。

"你要去哪儿？"韶青惊问，"菜都没吃完呢！"

"我必须走开！"他哑声说，"这蜡烛和香槟、夜色，和你们两个，使我心痛。两个女孩，都为别人笑，为别人哭，属于我的笑和哭呢？也早已属于别人了。对不起……"他走向门口，好像喝香槟也会喝醉似的，"我要走了。我要去找个女孩吃夜宵，她会对我说，我喜欢你的嘴，我喜欢你的腿……"韶青走过去，拉住他的手，把他带回桌边来。

"别走了。"她柔声说，"你就在这儿吃夜宵吧！我会对你说，我喜欢你的嘴，我喜欢你的腿……"

他重新坐下，仔细看她。

"你说谎！"他笑着，"你根本看不到我的嘴，我留了胡子！你看不到！""哈！"韶青挑起了眉毛，笑了，"我以为你醉了，原来你清醒得很呢！""醉，是根本没有醉。"他喝了口香槟，开始吃菜。他的眼光在两个女孩身上转。"清醒，我也不见得清醒。如果我醉了，我会吻你们两个；如果我够清醒，我就根本不会到这儿来找你们了。"韶青和迎蓝对视了一眼，再惊愕地看向黎之伟。黎之伟没看她们，又在那儿自顾自地唱起歌来：

……阿黎背着那重重的壳呀，

一步一步地往上爬，七楼七楼两只黄鹂鸟，

阿嘻阿哈哈地在笑他，

醇酒美人你无份呀，你要上来干什么？……

接下来好长的一段日子，迎蓝都过得有些昏昏沉沉、迷迷惘惘的。达远的工作又进入了轨道，忙碌、紧张，听不完的电话，回不完的信，定不完的见客时间，打不完的字……忙碌也好，忙碌可以治疗人的心病，可以冲淡某些回忆。冲淡，真的冲淡了吗？她不敢说。阿奇留下的纸条，始终在她皮包里，她几乎时时刻刻，都会把它拿出来看上一两遍，但是，她始终没有拨过那个电话号码。

她知道，不拨这个号码，确实是受了黎之伟的影响，怕黎之伟嘲笑她，怕黎之伟骂她，怕自己"提不起，放不下"而最后还是走进萧家的大门。她强迫自己不去想这电话，一天、两天、一星期、两星期、一个月、两个月……日子一旦这样规律地滑过去，她打电话的可能性就越少。惰性和矜持变得一日比一日深。真要叫他回来吗？这个电话一打，她就命定属于萧家了，再也没有回转的余地了。而且……而且……阿奇说过只等她一星期，现在已经好多个星期了，万一他在国外已有女友，她岂不是又去自取其辱？这电话是万万不能打了。另外一方面，黎之伟的变化几乎要令人喝彩。他上班一个月后，已经成为老板的红人，他分期付款买了辆摩托车，背着个老爷照相机，不分昼夜地跑新闻，常常晚上来小公寓里吃晚饭，他还边吃边赶新闻稿，一顿饭没吃完，他又跳起来去报社交稿了。有时，已经三更半夜了，他会忽然打个电话来，问她们两个允不允许一个"累坏了"的小记者上来和她们共用几分钟的恬静。每当这种时候，她们总是披着睡袍放他进来。他会坐在地毯上，背靠着沙发，真的累得动都不能动。韶青会立刻为他冲杯热牛奶，再煎个蛋，强迫他吃下去。迎蓝会好奇地缠住他，问：

"今天有什么大新闻？"

"有啊！"他精神一振，立刻睁开眼睛，眼光灼灼地说，"有个七十五岁的老太太，今天和她孙子的朋友结婚了，那男孩子只有十八岁。""胡说！"韶青笑着打他一下，"哪里会有这种怪事！那男孩的家里怎么会同意？""男孩家里倒没话说，因为男孩是个孤儿，我访问他为什么要结婚？他傻兮兮地问我：不结婚也能有家吗？也能有儿有女，有孙儿孙女曾孙子吗？我觉得有义务开导他一下，告诉他娶个年龄相当的女孩，将来一定也有个大家庭。那男孩睁大眼睛说：那我岂不是要再等五十年，我好不容易找了条捷径，你别来混我！"韶青和迎蓝都笑了，迎蓝傻傻地问了一句：

"他并不爱她吗？""哎呀，我的好小姐，"黎之伟大叫，"世界上真正为爱情结婚的有几对？"

迎蓝涨红了脸，痛在心里，气在眉头。

"我跟你赌，世界上百分之八十的人都为爱情而结婚！"

韶青慌忙跑过去，搂着迎蓝的脖子，亲昵地说：

"爱赌的毛病还没改啊！动不动就要跟人赌！"

黎之伟喝完了他的牛奶，笑嘻嘻地凑过头来："别生气，"他沉稳地说，"我相信你们都会为爱情而结婚！我祝天下有情人皆成眷属！明天，我会去找些有人情味的新闻来告诉你们……"他忽然想起什么，又说："今天还有个花边新闻，我照了相。有个太太跟丈夫吵架，一赌气从五楼上跳下去，刚好丈夫下班回家，看到有人跳楼，本能地就上前一抱，谁知人体下坠的冲力很大，丈夫被压昏了，太太倒没事，等救护车赶到的时候，丈夫说了一句话：'恨我，也不必用这么古怪的方法谋杀我！'说完就死了。"他站起来，蓦然间大急特急，"糟糕，我的照片还没送进暗房，明天怎么见报！我走了，我要赶到报社去！拜拜！"

他像旋风似的就卷走了。两个女孩也被他闹得不能睡了。一直谈论这两个新闻，太太跳楼压死丈夫，少男娶老妇……两人又谈又笑又摇头。第二天早上，两个人起来的第一件事，就是抢着翻报纸，她们早就退了原来的报，而改订了黎之伟的。结果，翻遍报纸，两个新闻一个也没有。韶青摇摇头：

"这家伙尽编些故事来唬我们。"

"在这方面，"迎蓝叹口气，"他和阿奇倒有几分相像。"

"迎蓝，"韶青掉头注视她，"你还没有忘记阿奇吗？你还在爱他吗？""不不，"她言不由衷，转身去换衣服，"我忘了，早就忘了。""只怕不是忘了，忘了，"韶青说，"而是忘不了，忘不了！"迎蓝不说话，钻进浴室去了。

日子这样过下去，倒也很好混，一天又一天，日升又日落，办公室里的忙忙碌碌，下班后，有韶青和黎之伟谈笑风生。这种生活倒也不错，不要去想未来，不要去想过去，就让日子滑过去，滑过去，滑过去……

秋天将尽的时候，天气转凉了。每天总要下阵雨，把全台北市下得湿湿的。这种雨打纱窗的日子，会让人的情绪低落，会让人容易感触，也容易伤怀。迎蓝觉得自己已经陷进了这种低潮，而且，萧彬似乎也陷进了低潮，这能干的老人忽然变得沉默了，双鬓的头发又白了不少。有天上午，萧彬召集高层会议，迎蓝循例和江小姐两人做记录，她发现，讨论的内容居然是：企划部是否解散？萧彬有许多理由，石油涨价了，生活负担又加重了，原有的企业已难维持，新企业在经济动荡的时候是不是要停止发展……迎蓝记录着记录着，心里的痛楚就在加重，她知道，什么理由都不成理由，最主要的理由是，他以为阿奇很快就会回来，没料到，他真的一去不回了。这天中午，她走出大厦，想到大厦对面的餐厅里去吃点东西。突然，很意外地，她发现街道旁边停了一辆很熟悉的、深红色的欧洲车。她正沉吟着，采薇已经从驾驶座上伸出头来："迎蓝，上车来，好吗？我特地在等你！"

她上了车。采薇一身淡淡的紫衣，像一瓣刚出水的荷花，娇嫩而雅致。她风采依旧，面颊似乎还胖了些，眉间眼底，依然有着几分轻愁，这几分轻愁，反而增加了她的韵味。她们开车直赴当初那间情调很好的西餐馆，坐下了，迎蓝只点了一客三明治，因为她什么都不想吃，采薇倒点了一杯酒，和一份生菜沙拉。迎蓝看着采薇，她知道采薇一定有话要讲。

"迎蓝，"果然，她开了口，"我听说，你最近常和黎之伟在一起。""唔。"她哼着，略带点敌意地看采薇。难道你抛弃的男友，还不许别人接近吗？

"你喜欢他吗？"她放低了声音，细腻地问，眼底是一片温柔与真挚。"是的，我喜欢他！"她冲口而出。

"超过你喜欢阿奇？"她再问。

"这……"她迟疑不语，终于正眼注视采薇，"这与你有关系吗？"采薇握起酒杯，轻轻地抿了一口，她的嘴唇薄而小巧，在酒杯边缘留下了一个美好的唇印。

"我不知道有没有关系。"采薇深思地说，"黎之伟对于我嫁进萧家，简直恨之入骨，他一直在想办法报复。阿奇临走以前对我说了一句话：父债子还，兄债弟还。我当时根本不了解他是什么意思，最近，听说你常常和黎之伟在一起，我才领悟过来。迎蓝，"她看她，坦白地、温柔地、真挚地说，"你如果真爱黎之伟，他也真爱你，我会很开心很开心地祝福你们。但是，如果黎之伟是报复行动，萧家抢了他的女朋友，他就去抢萧家的女朋友，那么，你不是太危险了吗？"

迎蓝震了震，像是被敲了一棒，敲开了脑子里某一个窍门，她努力回忆和黎之伟相处的情形，是的，黎之伟对萧家恨之入骨，提到阿奇就怒不可遏。但是，这么久以来，黎之伟向她示过爱吗？她怎么想，就是想不起来。或者，他有些暗示，但也不是对她一个人，他对韶青和她，几乎是一视同仁的。不！黎之伟确实跟她走得很近，却没有明显地追过她。

"你放心，"迎蓝抬起头来，"我想我没什么危险！"

"哦！"采薇深深地透了口气，"那么，我就放心了。迎蓝，我真谢谢你改变了黎之伟，我本来以为他已经没救了！知道他重回岗位工作，知道他不再醉酒闹事，知道他又振作了，我是太高兴，太高兴，太高兴了。"

她盯着采薇。"你还在爱他？"她问。

"唔，"采薇哼了一声，"不是以前那种爱了，而是关怀，非常真切的关怀。上次和你谈过以后，我也想通了，你说得很对，黎之伟还会碰到别的女孩，会慢慢忘记我，我既然嫁了萧人仰，就该努力去珍惜这份感情，所以，我……我努力去做了。要我从此忘记黎之伟，是不可能。

要我对人仰专心一些、体贴一些，做起来并不难。人仰是很容易满足的，这些日子，他快活多了，他对我更好、更耐心、更体贴了，而我……"她的脸蓦然红了，红得像酒，"我明年六月，就要做妈妈了。""噢！"迎蓝又惊又喜，"恭喜你，采薇。""哎，"采薇的脸仍然红着，眉梢眼底的轻愁却被另一种幸福所取代，"你瞧，人类就这么简单，你说得对，时间和空间可以治疗一切。我知道有了孩子，就把什么心事都抛开了，只想专心来爱孩子，给他一个幸福而温暖的家。迎蓝，"她甜甜地说，"你将来也会经历这种心情的。"

我？迎蓝朦胧地想着，我还不知道"情归何处"呢。所有的事情都被搅得这么乱糟糟的！阿奇，阿奇！她心中忽然发出一阵强烈的呼唤；阿奇！我们在做些什么？阿奇！回来吧！阿奇！她这样一想，眼眶就有点湿湿的。突然间，她觉得坐不住了，再也坐不住了，她一心想回公司，迫不及待想打那个电话——那号码已经在她心中碾过千千万万次了。

"我也很高兴你和黎之伟的事，"采薇仍然在诉说，"既然你很肯定你没有危险，你很肯定黎之伟的爱情，那么，"她伸手过来，握住她的手，"你也该把阿奇彻彻底底地忘了，好在，你和阿奇也不过才认识几个月！"

迎蓝睁大了眼睛，听不太明白采薇在说些什么，只模糊地听到"阿奇"的名字。是的，阿奇，我无法把你忘了，虽然只认识几个月！阿奇。唉，阿奇！

"迎蓝，你在听吗？"采薇忽然问。

迎蓝振作了一下，瞪着采薇，只想回公司去，去打那个早就该打的电话！"是的，我在听！"她勉强地说。

"那么，我要告诉你，阿奇已经快要结婚了！"

迎蓝没听清楚，她还在想那个电话号码，打电话过去怎么说呢？怎么说呢？阿奇……她陡地惊跳起来，眼睛瞪得又圆又大，盯着采薇说："你在说什么？"采薇低下头去，打开皮包，拿出一张照片，从桌面上推过来，清清楚楚地说："我们今天接到阿奇的信，他说他不能忍受国外的寂寞，又说这个女孩很好，很温柔，言听计从，从不跟他吵架，也不会折磨他。他说过了这么久，他总算解脱了，他很快乐，希望每个人都快乐，他要结婚了！这是他寄来的照片，那女孩叫琴恩，是一个中美混血儿。"

迎蓝机械化地低头看那张照片，那女孩穿着三点式泳装，站在游泳池畔，身材迷人而丰满，她有一头棕红色的头发，卷成无数卷卷，高鼻梁，性感的嘴唇……看不出丝毫中国血统，却是个天生的尤物。她看着看着看着，忽然间，什么都看不清了，什么思想都没有了，什么意识都没有了，只觉得内心深处，一阵尖锐的、像撕裂般的痛楚，剧烈而狂猛地侵蚀着她每根神经。她跳了起来，把照片抛到采薇面前，她只低而短促地喊了一声，转身就向餐馆外跑。采薇大吃一惊，也跳了起来："迎蓝！迎蓝！"她惊喊，"你怎么了？你干什么？等我！我开车送你！"迎蓝没有听她，她奔出了餐厅，无目的地往前横冲直撞，泪水疯狂地爬满了整个脸孔。她盲目地奔跑，奔跑，奔跑……自己也不知道跑了多久，终于心头的痛楚有些疏散开了。她喘着气，急跑使她窒息，她减缓了脚步，开始低着头，踩着人行道上的红砖，一步一步地往前走。她逐渐又能思想了。但是，她不要思想，她绝不要思想。她受不了自己的思想，她摇头，靠在街边的大树上深呼吸。

好一会儿，她恢复了镇定。觉得有水珠洒在头发上，她奇怪地抬头一看，才发现下雨了，自己正湿漉漉地浴在雨水中。路人纷纷从她面前跑过，去找避雨的地方，都对她投来好奇的眼光，他们准把她看成一个女疯子、女怪物！她想。重重地踩了一脚，又狠狠地咬了一下嘴唇，嘴唇咸咸的，她用手指摸了摸，出血了。她对自己低声诅咒：

"夏迎蓝，夏迎蓝！你有出息一点好不好！人家并不记挂你！人家已经移情别恋！人家走后连封信都没写给你！人家已经要结婚了。你痛苦什么？你伤心什么？你哭什么哭？傻瓜！你不会甩甩头，把他甩到十万八千里外去吗？夏迎蓝，你再这副鬼相，我要骂你了，我要……"她住了口，发现自己在引用黎之伟的话。抬起头来，她发现一把伞忽然遮在她头上，有个人站在她身边，紫衣紫裳，亭亭玉立，是采薇！她那小红车停在路边上。"不要淋雨了，迎蓝。"她软软地恳求着，声音里充满了同情和关怀，"你害我开着车子满街找你。"她微润的双眸迫切地盯着她，"对不起，"她急促地说，"对不起，迎蓝，我不该告诉你……""不！不！"她飞快地打断了采薇，迅速地武装起自己，"谢谢你告诉了我，这样，我也解脱了！"她注视着采薇，挑起眉毛，挤出一个笑容，"这样，我就可以学你一样，摆脱掉往日的羁绊，去一心一意地爱——黎之伟了。是不是？"

听到这名字，采薇微微一怔，面容变了变，她想说什么，又咽住了，她伸手摸摸她湿润的发丝。

"上车吧，"她柔声说，"我送你回家去！"

"不，我还要去达远上班。"

"算了，你这样浑身湿答答的，怎么上班？何况，大家都看到我接你上车，爸爸——就是萧彬，他一定以为我和你在一起，你不去上半天班，没人会怪你！"

她看看自己那湿淋淋的怪相，不再说话了。这样去上班，确实会引起很多怀疑的。采薇开着车，问了她路线，把她直接送回公寓来。"要不要上来坐坐？"她问。

采薇犹豫了一下，摇摇头。

"不了。"她说，"万一碰到黎之伟，就够尴尬了。我知道他是经常出入你家的。""算了吧！"她看看手表，

"现在才三点多钟，黎之伟要七点多才会来，碰不上的。"她发现采薇的衣裳也半湿了，那把小伞根本遮不住什么雨水。她有些愧疚，害采薇这样满街跑，而且她还有身孕！"上来也弄弄干，好不好？"

采薇摸摸头发和衣服，笑笑，就跟着她走进了电梯。

到了七楼，她和采薇开了房门进去，一进去，迎蓝就大大地吃了一惊，房里不只有韶青！还有——黎之伟！

采薇像触电般怔住了。

韶青正在帮黎之伟校对一篇新闻稿，看到迎蓝湿淋淋地带着一个半湿的女孩进来，也吓了一跳，她不认识采薇，一面笑着，一面跑过来关上房门，嘴里嚷着：

"你们怎么淋得这么湿啊？迎蓝，你真要命，不怕再感冒一次吗？"她冲进浴室，拿了两块大毛巾，分别扔给迎蓝和采薇，"快擦擦干，我去给你们煮姜茶！"

迎蓝伸手抓住了韶青：

"免了你的姜茶吧！"她说，一面急急地低问，"你怎么在家？黎之伟也没上班？""我今天本来就休假呀！"韶青惊愕地说，"昨天值了夜班，今天总是要休假的。至于黎之伟呢，他也刚来不久，来了就下雨了，我留他坐坐，等雨过了再走，他也还要去跑新闻呢！"

黎之伟已经站起来了，他慢慢地走过来，一瞬也不瞬地盯着采薇。采薇也一瞬也不瞬地盯着他。

韶青注意到这份紧张和尴尬的气氛了。她把迎蓝拉到一边，低声问："怎么回事？这女孩是谁？"

"祝——采薇。"迎蓝轻轻地说。

韶青也怔住了。一时间，房里有四个人，却寂静得连根针掉在地上都听得见。紧张的情绪，在每个人身上扩张。终于，黎之伟移近了采薇，眼眶涨红了，脸色苍白。他上上下下看她，然后伸出手去，迎蓝以为他要打她，就慌忙冲过去想拦阻。但是，黎之伟只轻轻地碰了碰采薇的头发，就把手收回去了。迎蓝靠在桌角上，目不转睛地看着他们两个。

"你——"黎之伟先开了口，声音里仍然夹杂着锥心的痛楚，"找到你的幸福了吗？你——快乐吗？"

采薇的眼睛立刻湿了，泪珠在眼眶中打转。

"原谅我，"她无声地说，嘴唇轻轻地嚅动，"原谅我。不要恨我！""我可以不再恨你！"黎之伟说，声音是沙哑的，"我不能不恨别人！""请求你，"眼泪静悄悄地从她面颊上掉落了下来，"不要再恨任何人！你看，你已经活得很好了，你的工作，你的朋友……"她词不达意。可是，黎之伟显然了解她在讲什么。"不要为命运从你手里抢过去的东西难过，可能有更好的来替补……不要再恨任何人，答应我！"

"我只答应不再恨你。"他简短地说，死死地瞪她。固执着他的第一个问题："你快乐？你幸福？"

"我唯一的不快乐，是你不快乐。我唯一的不幸福，是你不幸福。"她怯怯地说，"如果你都有了，我也就都有了。"

他怪异地看她，哑声说：

"你学会了外交辞令。"

她轻轻摇头，一脸的真挚，一脸的纯真。然后，她慢慢放下手里的大毛巾，抬头对迎蓝看了一眼，低声说："我走了。"谁都没有说话，也没人留她，她打开房门，走出去了。

室内仍然很静，静得可以听到电梯下楼的声音，可以听到街上车子的发动声。时间过去了好久，韶青第一个清醒过来："迎蓝！你还不去换掉你的湿衣服！"

迎蓝蓦然被唤醒，唤醒的同时，撞击在她内心的不是采薇和黎之伟的见面，而是阿奇的婚事。她抽口气，又觉得那种撕裂似的痛楚，在强烈地发作，她走向床边，一声不响地倒在床上，把脸埋进枕头里。

韶青冲了过来，扶住她的肩：

"怎么了？迎蓝？发生了什么事吗？"

她拼命摇头，拼命咬嘴唇，拼命拉扯住被单，想止住内心那深切的痛楚和伤怀。韶青的手握着她的肩，感觉得出她整个身子的战栗和痉挛，她吓坏了，回头求救似的看着黎之伟，说："阿黎，你看看她怎么了？"

黎之伟仍然呆站在那儿，仍然呆望着采薇离去的房门口，被韶青这样一喊，才顿时醒觉。他看看迎蓝，不自禁地也走了过来。俯下头去察看她。

"迎蓝,"他喊,"你干吗?"

迎蓝慢慢转过身子,用满是泪痕的眼光看黎之伟,她伸出手去,握住了黎之伟的手,哀婉地、凄切地、悲痛地、求助地说:"黎之伟,你有没有一点爱我?你要不要我?"

黎之伟怔住了。刚刚和采薇见面的震动犹存,这会儿,却面临另一个新的震动。他紧握着迎蓝的手,不知道该说什么。

韶青无言地站在旁边,嘴唇上的血色,不知不觉地在消失,连带那面颊上的嫣红,也一起不见了。

第七章

夜深了，窗外的雨似乎越下越大，雨珠疯狂地敲着玻璃窗，像一支破碎的歌，带着凉意的风，钻着每扇玻璃窗的空隙，发出呜呜不断的悲鸣。雨和风，形成一种主调与和弦，那样苍凉地在夜色中倾诉着。

迎蓝和韶青两人都躺在床上，两人都没睡着。迎蓝仍然在想白天的种种遭遇，想阿奇，和他那中美混血儿。韶青的思绪飘浮在一层矛盾的云层里，她似乎驾着云，却上也不能上，下也不能下，动也不能动，只怕一不小心，就从云端摔下，粉身碎骨。可是，云端的冷冽，云端的寒恻，云端的孤独，又使她周身战栗。迎蓝低低地叹了口气。

韶青也低低地叹了口气。

迎蓝有些惊动了，翻过身来，抚摸韶青的肩。

"韶青，你没有睡着吗？"

"嗯。"韶青低哼了一声。

"唉，韶青。"迎蓝低叹着，"我真痛苦得快要死掉了，我真不知道以后何去何从？"

"你不是对黎之伟开口了吗？"韶青仍然背对着她，语气疲倦，"放心，他会对你很好，他一直就喜欢你！"

"黎之伟？"迎蓝出神地深思着，"他并没有爱上我，他只想抢走萧人奇的女朋友！"

韶青一转身翻过来了，她伸手打开了床头的一盏小灯，在那幽暗的灯光下，仔细地注视迎蓝，她伸手摸摸迎蓝的眼角："你哭过了？"迎蓝瞪着她，也伸手摸摸她的眼角。

"你也哭过了。"韶青倒在枕头上，把面颊半埋在枕头里。

"迎蓝，"她的声音从枕头中压抑地透出来，"有件事我一直没告诉你。""哦？""我和那个驾驶员，在两个月以前结束了。"

"哦！"她惊呼，"谢天谢地，你总算想通了！你怎么不早说，害我一直为你抱不平！是你提出的吗？"

"是。"韶青抬起头，深深地盯着迎蓝。忽然间，她伸出手去，抱紧了迎蓝的身子，把面颊埋在她的睡袍里。"迎蓝，"她低呼着，"你是不是真的要黎之伟？"

迎蓝转动着眼珠，微蹙着眉头，倏然间有些明白了。

"韶青，"她低喊，"你是不是要告诉我……"

"不是！"韶青飞快地说，"我想，阿黎喜欢我们两个！他已经被蛇咬过一次，所以，他什么都很慎重！他曾经想为了报复而追求你，又觉得非常卑鄙……"

"你怎么知道？""他告诉我的！""哦。""他一直在冷眼旁观，他也一直知道一件事，你始终忘不掉阿奇，这使他很愤怒，也很感伤。但是，这种愤怒和感伤并不出于爱情，而出于他对萧家的仇恨……"

"你怎么知道？"她又插嘴。

"他和我谈过。""哦！""今天下午，是一个转折点，他重新见到祝采薇，又亲耳听到你对他示爱……""我对他示爱？"迎蓝惊呼着。

"是的。你问他爱不爱你？要不要你？对任何男人来说，这两句话都是最动听的句子……"

"噢！"迎蓝失神地呼出一口气来，呆呆地瞪着韶青。韶青也不再说话，只呆呆地瞪着迎蓝。两个女孩彼此默默相对，好久好久，谁都不说话。然后，迎蓝终于把胳膊一张，把韶青的头紧拥胸前，骤然哭了起来。

"傻瓜！"她又哭又骂，"你为什么不告诉我？我们情如姐妹，无话不谈，你为什么不对我直说？"

"我不敢。"韶青啜泣着，"你一直是主角，我是配角，我在等待……但是，我害怕了！我真的害怕了！迎蓝，你并不爱黎之伟，你睡梦中从没叫过黎之伟的名字，你只是打喷嚏——阿奇，阿奇！我了解你，比了解任何人都清楚……不过，这都是废话，我只请求你——把黎之伟让给我，好不好？"

迎蓝搂紧了她，呜咽着说：

"我不用让，你自己该看得很清楚，黎之伟对你的班表比我还熟，他和你谈的话比我的深入，他的性格粗犷豪迈，他需要一个温存、善解人意，而且很女性的人来体贴他，我倔强好胜，口齿锋利，得理不饶人，我实在不适合他。如果我和阿黎真的结婚了，他是出于报复，我是出于赌气，结果，我们的婚姻会成为一个大大的悲剧……韶青，你早就该告诉我，免得阿黎也夹在我们当中，不敢对你表白！我真后悔我下午说了那句话，不过，我很容易解释清楚，今天下午，我是受了刺激……"她咽住了。"什么刺激？"韶青追问。

迎蓝握紧了韶青的手。

"阿奇，他……他……他快结婚了。"

"什么？""真的。我看了那女孩的照片，比我漂亮了一千倍，绝不夸张。是个中外混血，脸孔是脸孔，身材是身材！你知道，像阿奇那种男人，是耐不住寂寞的。何况，我对他又那么，那么，那么……绝情，这……这……"她又开始掉眼泪，语音含糊不清，"这不能怪他……是我赶他走，是我不要他……我真气我自己，既然不要他了，为什么还要伤心？……我……我……""迎蓝！"韶青深沉地喊。

"什么？""他还没结婚是不是？"韶青把头从她的衣褶里抬起来，眼睛又明亮又光彩地看着她。

"是。""那么，就还来得及……"韶青热烈地说。"来得及干什么？"迎蓝不解。

"去抢回来啊！"韶青喊，"你对男孩子太矜持、太骄傲、太被动……你从不争取，从不主动……"

"噢！"迎蓝摇摇头，叹口长气，"韶青，你明知道我的个性，我永不会做这种事，否则我就不是我了。何况，这样太戏剧化了，我做不出来。再何况，他一旦变心，我是好马不吃回头草……""啧啧啧，"韶青焦急地说，"你刚刚还在说不能怪他，现在又说他不该变心，你有没有太霸道一些？你自己不要的东西，也不许别人要？你希望他怎么样？如果你不要他，他就该守着你的照片，绝食三十天，死而后已吗？你知道你的毛病在哪里……"韶青的话没说完，电话铃忽然间狂鸣起来，在夜色中，铃声响得分外清脆。韶青看看表，凌晨三点半，是黎之伟！大约他交完稿又不想回家了。她正犹疑着，迎蓝已经推她下床，喊着说："去接电话！准是阿黎！"

韶青披上睡袍去接电话，房间小，唯一的一架电话在沙发旁的小几上，迎蓝叹口气，仰躺着，神思恍惚，而心情苦涩。"喂！"韶青在接电话，"哪里打来？什么？三藩市？找人？夏迎蓝……"迎蓝像弹簧人一般直跳起来，下床时又被自己的睡袍绊了一跤，摔得她七荤八素。她踉跄爬起身，韶青已经在连声地嚷："快呀！迎蓝！快呀！"

迎蓝跌跌撞撞过去，抓住话筒，跌坐在沙发里，她下意识地揉着自己摔痛的膝盖，一手紧握话筒，急促的声音在发抖："我是迎蓝，你……你是哪……哪一位？"

"迎蓝！"是阿奇的声音，近得就像在耳边。她的心脏狂跳，泪水迅速地模糊了视线。三藩市，三藩市，你远在天外，可是，萧人奇，萧人奇，你的声音近在耳边！"迎蓝，"他又在喊，"线路有些不清楚，你说大声一点，我听不清楚你在说什么！""我根本没说话！"她叫着，泪水夺眶而出，一直滴到电话机上，她哭了，语声哽咽。"你怎么不早打电话？"她哭着嚷，"你怎么说走就走？你怎么不写信给我？你怎么要结婚就结婚？你怎么不多给我一点时间……"她哭得那么厉害，什么都说不下去了。"迎蓝！迎蓝！"他在焦灼地叫着，"你要讲理，我给了你电话号码，你为什么不打？我等了你一个星期，两个星期，一个月，两个月……你就是不打那个电话！我凭什么再写信给你？要说的都说了！现在，我打电话，是为了告诉你，我和琴恩明天结婚……"

"不——要！"她对电话大吼了一声，泪如雨下，她哭着喊，"阿奇！回来，阿奇……"她的声音被呜咽、泪水、悲痛……全搅散了，她自己都听不出在说什么，只是绝望地对着电话抽噎。"迎蓝,你在哭吗?迎蓝,你听我说……"

线路突然断了,窗外风狂雨骤。迎蓝兀自对着听筒又哭又喊:"喂喂,喂喂,阿奇,喂喂……"对面一片机器的杂声,线路确实断了,她还握着听筒,舍不得挂起来,回过头,她用带泪的眸子瞅着韶青:"线路断了。"她像个无助的小孩,凄然重复:"线路断了。""挂上电话!"韶青喊,奔过去把电话听筒放回电话机上。"他会马上再打过来!"迎蓝跪在沙发上,双眼瞪着电话机,动也不动地等待着,韶青去拿了件她的睡袍,帮她披上。夜凉如水,冷雨敲窗,迎蓝早就浑身冰冷了。电话寂然,钟声却走得特别迅速,嘀嗒,嘀嗒,嘀嗒……一分钟,两分钟,五分钟过去了……迎蓝回头,狂乱地说:"怎么不响?怎么不响了?他为什么不再打来了?"她肩上的睡袍又滑到地上。韶青望着电话机,坚定地说:

"打回去!迎蓝,你该知道号码,打回去!"

一句话提醒了迎蓝,拿起听筒,她一时混乱,居然想不起长途电话台的号码。韶青推开她,急促地说:

"我来打吧!接通了再给你!电话号码多少?"

她像背书似的背出了号码。

韶青拨着号,迎蓝跪在一边,目不转睛地看她拨,全神贯注地听她跟接线生说话:

"我要接一个三藩市的长途电话,我这儿的号码是

×××××××，三藩市的号码是××××××××××，找人，找一位萧人奇先生，是，人类的人，奇怪的奇……"

她抬头安慰地抚摸迎蓝的头发。

"别急，她正在拨呢！"

一会儿，回音来了，号码占线中！

"占线？"韶青呆了呆，"请你过十分钟再帮我接！如果接不通，就每隔十分钟给我接一次！"

挂断了电话，她回头看着迎蓝："或者，他正试着打回来，两边都打，就变成了两边都占线！我们等吧！"她拾起了睡袍，命令地说，"穿上，别再受凉！""我不要穿，我热得很。"迎蓝急躁地说，在室内兜圈子，兜了半天，又转回到电话机边来，痴痴地望着那电话机。

"你非穿不可！我负责给你接通这电话！"韶青说，强迫地把睡袍给她穿上，像给小孩穿衣服似的，把她的双手塞进袖管中，拉好了她的衣襟，系上带子。

然后，她们就开始一场漫长的等待。

半小时后，电话响了，韶青和迎蓝同时扑过去接电话，迎蓝的手指甲刮伤了韶青的手背。韶青收回手，紧张地望着迎蓝。"接不通？"迎蓝急得又快哭出来，"再试，好不好？再试下去！我一定要接通，我有要紧事……是的，试到天亮都没关系！是的。"她挂上电话，满脸的焦灼和苦恼。

"怎么长途电话这么难打？他占什么鬼线？有什么要

紧事一直占线占线占线……"她倒在沙发里，脸色灰白，嗫嚅地说，"我懂了！他在给琴恩打电话……只有给琴恩打电话，才会这样舍不得挂断！"韶青瞅着她，摇摇头。

"唉！"她叹气，"既有今日，何必当初！"

迎蓝迅速地抬起头，爆发地喊：

"不要再怪我！我并不想把自己弄成这样惨兮兮！我……我……"她匍匐在沙发背上，苦恼地转着头。

韶青走过去，揽住她的肩，在她耳边低语："你最坚强，你最骄傲，你最洒脱！不要这么看不开！振作一点！"她把头埋在臂弯里，辗转地摇着头，声音压抑地、痛楚地、可怜兮兮地飘了出来：

"我不坚强、我不骄傲、我不洒脱！我只要跟他讲话，我一定要跟他讲话！今晚不能跟他通话，我明天可能就死掉了！"

"别胡说八道了！"韶青喊，看看手表，快五点钟了，这通电话多半是通不了了。她望望兀自埋着头的迎蓝："你饿不饿？闹了快一个通宵了！我去给你冲杯热牛奶，做个三明治给你吃，好不好？""我不要！"她闷声说，"你叫那电话铃快点响！好不好！"

铃声果然响了，迎蓝触电似的跳起来，伸手就拿电话听筒，韶青也紧张地奔过来，惊愕地发现，迎蓝握着听筒，而铃声继续在响。韶青恍然大悟，把听筒从迎蓝手中抢下来，挂回电话机上，说："不要太紧张，是门铃响，不是电话铃。"

"为什么是门铃？"迎蓝神思恍惚。"门铃就是门铃哇！"韶青说着，走到门边去。"八成是阿黎，他大概又在报社忙了一夜！这人工作起来真不要命！"她握住门柄，打开房门。门外，一个浑身湿透的男人正伫立在那儿，头发披在额上，滴着水，一件薄呢大衣，肩上全湿透了。他手里握着一个小小的旅行袋，脸上有仆仆风尘，有失眠的痕迹，有憔悴，有兴奋，有期待，有狂热。那浓眉上，雨珠闪烁，眼睛里，热情迸放……那不是黎之伟，是该出现在电话里的阿奇！

韶青吓怔住了，她茫然后退，喃喃地喊：

"迎蓝！迎蓝！迎蓝！"

迎蓝的眼光从电话机上移到门边，有三秒钟完全窒息。然后，她滑下沙发，走到门边，眼光直直地转也不转，死死地、愣愣地盯着他，嘴里叽里咕噜地说：

"你在和谁通电话？为什么一直占线？"

韶青惊异地看迎蓝，再看阿奇，她退后两步，大叫着说："迎蓝，这不是梦，是真的！你别糊里糊涂了，睁大眼睛，你看看清楚，是阿奇！他回来了！从美国回来了！阿奇，"她的神志恢复了，喘着气问，"你的长途电话，是从哪里打来的？"

"桃园国际机场！"阿奇说，终于大踏步走进屋里，关上了身后的门。他直视着迎蓝，一步步走近她，把旅行袋随便丢在地上，他紧紧地望着她的眼睛。"对不起，迎蓝，"他说，嘴唇微微有些颤动，"我又骗了你一次。我下了飞机，本想直接来看你，可是，我又不敢了，你那么傲气十足，那么狠心，我真怕再面临一次被拒之门外的局面，所以，我在机场试探性地先打个电话！我听到你哭，听到你喊我的名字，听到你说'阿奇，回来！'我就什么都顾不得了，我跑出机场，半夜又叫不到车子，只好搭巴士，一路上急得我要发疯，现在……我总算在你面前了！"他说得又急又快，像雨滴的倾泻，迎蓝似乎根本没听清楚，也根本没有会过意来，她的思想还是凝固的，还是混乱的，太多的"意外"使她神思恍惚，她伸出手去，茫然地摸索他，想抓他的手，他立刻举起手来，紧紧地握住她。

"迎蓝！迎蓝！"他觉得有些不对劲了，他紧张地喊，"迎蓝，是我啊！是阿奇啊！我从美国回来了！我告诉你，根本没有琴恩，那是我编出来的，我写信给采薇，知道她一定会把消息带给你，我再打长途电话问她，她说你哭着冲到大街上去淋雨，我听得心都碎了，所以我马上订飞机票飞回来……迎蓝，你听到没有？我一直在等你的电话，等得快发疯了。我想，以你的骄傲，这电话是永远不可能打了，所以……所以……"他住了口，瞪着她，她眼里一片空茫的神情，双眉微蹙，苦恼地在看，但是仿佛"视而不见"，她也苦恼地在听，但是，仿佛也没听进去。阿奇的脸发白了，他举起手来，在她眼前晃动，哑声喊："迎蓝！迎蓝！"

韶青奔了过来，一看这情况，她就大急起来：

"她不对劲了！阿奇，你出现得太突然了！你吓昏了她！"她急得把头贴到她胸口，去听她心跳，又去掐她的人中，捏她的耳朵。迎蓝只是直挺挺地站着，茫茫然地看着阿奇。她躲了躲韶青的手，固执地想看清楚面前的人影，眼睛睁得好大，却全无光彩。韶青吓呆了，惊惶后退，喃喃地说："她瞎了！她聋了！她看不见也听不见了！"

阿奇面孔雪白，嘴唇完全失去了颜色。他握紧了迎蓝的手，握得好紧好紧，他轻轻地说：

"迎蓝，你看到了我，你听到了我，求你！求你！"

迎蓝毫无反应，阿奇闭紧眼睛，狂叫了一声：

"迎蓝！"他把她一把就抱了起来，放在床上，他跪在床头，摇她，喊她，求她……他的脸色比她的还白，他用嘴唇去轻触她的唇，她的唇凉凉的，木然而无反应。他心底闪过一个念头：她快死了！这念头立刻疯狂地抓住了他，他吻她的手指，吻她的眉，吻她的脸颊，把脸埋在她胸前：

"迎蓝，如果你有个三长两短，我绝不活着！我有那么多话那么多话要告诉你，你怎么可以这样？你怎么可以这样？迎蓝，我不是要吓你，我是要给你一个惊喜……"

韶青回过神来，她跑到床边，看看迎蓝，反身就奔向电话，想打电话请医生，抓起听筒，她不知该打给谁，慌乱地回头喊："阿奇，你认得什么医生吗？你醒醒，你这样跟她说也没用，赶快打电话找个医生来！"

一句话提醒了阿奇，他正要起身去打电话，迎蓝的睫毛忽然闪了闪，抬起一只胳膊来，她圈住了他的脖子，把他拉向自己，她的眼睛刹那间又充满了光彩，充满了感情，她瞅着他，轻声地说："我不要医生，我只要你，不许走！"

"你……你……"阿奇语无伦次，"你好了吗？你没事吗？你听得到我？看得到我吗？……"

"我没有那么娇弱！"她眼里有泪光，唇边却闪现了一个可爱的微笑，"你太会骗人了！从开始就骗我，到回来了还骗我，如果我不装成神志失常来吓你，你永远不会了解被骗的滋味！""你……你……"阿奇瞪大眼睛，微张着嘴，灰白的脸色仍然没有恢复，他哑声说，"你装的？"

"我装的！"韶青把听筒轻轻放回电话机上，吐出一口长长的气来。她真想走过去骂迎蓝一顿，鬼东西！坏东西！差点把别人吓出心脏病来！她走了两步，又停住了，阿奇正瞪着迎蓝，咬牙切齿地说："我以为你快死了！我差一点……"他忽然住了口，只是盯着她看，看了又看，然后蓦然间俯下头去，热烈而狂喜地喊："原来你是装的！谢天谢地！我快被你吓死了！现在，我们扯平了，扯平了！好不好？"

"不好，"迎蓝泪汪汪的，"我……"

他立即俯下头去，堵住了她的唇。她不由自主地用双手抱紧他的脖子，热烈地反应着。

这种情况，第三者未免多余。韶青看看天色，早已大亮了，她也该上班了，她溜到浴室去，换衣服，梳洗，然后轻轻悄悄地出来。那两个呆瓜正彼此对望着，彼此痴痴地、长长久久地对望着。韶青心里在唱着歌，她开门出去，再细心地关上门，心里的歌声在反复：

阿桌阿上一瓶葡萄酒，

阿娇阿娇艳得红透透！……

她走进电梯，下楼去了。

房内，迎蓝和阿奇握着手，眼睛望着眼睛，都有一肚子的话要说，却不知从何说起。

电话铃蓦然狂鸣。迎蓝握紧阿奇的手，舍不得放开，她说：

"让它去响！别理它！"

电话铃继续响个不停。

"我去接吧！"阿奇说。

"不管是谁找我，都说我不在家。"迎蓝说。

阿奇拿起听筒，对方立刻开口：

"夏小姐打到三藩市的电话通了，萧人奇不在，请问要不要再接一次？"阿奇怔了怔，看看那横卧床上、对他痴痴凝望的迎蓝，他笑着对听筒说："请销号！"挂断电话，他回到床边，迎蓝傻傻地问：

"谁打来的电话！找谁的？"

阿奇温柔地看她，温柔地吻她，温柔地低语：

"你打来的电话，找我的！"

萧家这晚灯火辉煌。这是迎蓝第一次走进萧家。

坐在萧家的大客厅里，她还真有些不自在，那客厅宽敞明亮，有两面都是玻璃窗，可从窗内直接看到窗外的小花园，那花园虽小，但五脏俱全。有假山，有巨石，有叫不出名字的花花草草，有挨着围墙、一排绿油油的、高大的"肯氏南洋杉"，阿奇告诉她，这种南洋杉，品种名贵，冬不落叶，永远长青。她对那南洋杉注视良久，树犹如此，人，能不能这样呢？她最喜欢那园中的一湾小水池，池中种满荷花，如今，天气已冷，残荷萍碎，更有种说不出的诗情画意，使她不自禁地想起"留得残荷听雨声"的诗句。水池四周，是巨石嵯峨；每块巨石的石缝间，都开着一簇簇小花，有海棠，有月季，有金盏花，还有棵小小的枫树，红叶，在树枝上映着灯光闪耀。萧家的大客厅，倒看不出任何金碧辉煌的东西，简单的白纱窗帘，飘然曳地，墙上挂着两个巨幅油画，另一边是古董架，架上有音响，有电视，有书籍，还有一些出自名家之手的雕塑。

迎蓝四面张望，心底油然生起一股温暖之情。萧彬这晚是那么和蔼，笑吟吟地抽着烟，简直是个忠厚长者。萧太太握着迎蓝的手，亲切，自然，关怀，而且不停地低声埋怨：

"瘦了！瘦太多了！阿奇，都是你的罪过！"

阿奇在一边痴痴凝望，微笑挂在嘴边，怜惜挂在眉端，他低叹着说："妈，你没有发现我也瘦了吗？是谁的罪过呢！"

"是我的罪过！"萧太太出人意料。

"与你有什么关系？"阿奇惊异地问。

"当然有关系，你不生在我家，迎蓝也不会生气了！"

"这么说来，"萧彬插嘴，"还是我的错最大，如果阿奇不姓萧，就没这么多周折了！"

"哎呀！"采薇亲自端茶奉水，煮咖啡，女佣阿娟在一边侍候，"如果没有爸和妈，哪会有个精灵古怪的阿奇？如果没有精灵古怪的阿奇，我们这位精灵古怪的夏小姐，预备到什么地方去找这样合意的人呢！"

全屋子的人都笑了，和谐与温暖弥漫在整个大厅里。

这晚，也是迎蓝第一次见到萧人仰。奇怪的是，她在达远工作了这么久，萧人仰居然没在达远出现过。是采薇牵着她的手，给她介绍的："这是萧人仰。"她转头对人仰说，"这就是把萧家闹得人仰马翻的夏迎蓝。"迎蓝抬头看萧人仰，他一身的白，白衬衫，白长裤，外加一件白背心，如果别人这样穿，迎蓝一定会觉得怪怪的、假假的。但是萧人仰这样穿，就硬给人一种玉树临风、潇洒不羁的味道，连阿奇，都被他比下去了。他和阿奇长得不太像，阿奇有些野，他很文，阿奇爽朗，他比较沉默，阿奇不是非常细心的，他却细腻温存。他的面颊比较长，眉毛没有阿奇粗，但是，他那对眼睛却长得真好，看着人的时候，总有种专注的神情，专注得令人感动。迎蓝一看到他，就知道黎之伟的失败，并不仅仅是贫富的关系了。

萧人仰亲切地看她，立即对阿奇说：

"能不能向你借一借迎蓝，我有几句话想跟她单独说！"

阿奇抓抓头，看看采薇，再看人仰，笑着说：

"你总不至于连弟弟的女朋友都抢吧，你已经有了采薇了，要知足啊！"采薇笑得甜甜的，去倒咖啡。抿着嘴不语。

"没关系，阿奇，"萧彬开了口，"他抢了你的，你再去抢他的！""什么话？"萧太太对着萧彬又笑又嚷，"你是公公呢！也跟着小辈开玩笑！""别忘了，"萧彬正经八百地对萧太太说，"你也是我打倒三个情敌，才抢来的呢！"

"哈!"阿奇大笑,仰躺在沙发中,长手长脚似乎都没地方放,"如果我会写小说,我要把咱们家的事都写下来,题目就叫'抢'!"大家又都笑了,采薇笑得最不自然,似乎若有所思。

萧人仰没有疏忽采薇的表情,他深切地看了她一眼,就揽着迎蓝,走到客厅外的阳台上,这儿可以看到整个花园,可以闻到月季和桂花的飘香。"迎蓝,"人仰开门见山,很诚恳、很真切地说,"你和采薇很早就认识了,是吗?"

"是的,是和——黎之伟差不多同时。"

"你知道我为什么不出现在达远?"他忽然转换了话题,"我和采薇结婚后,我就主管了茂远公司,茂远和达远的营业性质不同,也做进出口,是药品的进出口,我们拥有几个大药厂的经销权。茂远在表面上和达远是两个机构,事实上是……""我懂了。"迎蓝说,"又一个周边公司。"

"是的,我不去达远,主要是避开黎之伟。"

"你认为,黎之伟会笨到不知道你在茂远,而只知道你在达远吗?""不。黎之伟不是要找我一个人的麻烦,他要找整个萧家的麻烦,所以,他连你都找上去。"

迎蓝沉思不语。"你知道,采薇最近平静多了,"他又继续说,"我想我该谢谢你。""为什么?""因为你常和黎之伟在一起,因为黎之伟又变好了,也因为你开导了采薇。迎蓝，你知道什么叫爱情？"

迎蓝愣了愣，说："一日不见，如隔三秋。"

人仰看着她，摇摇头。

"爱情不难在别离，怀念常常会美化爱情。最难的爱情，是天天相见，所以我说：时时相见，刻刻不厌。这是人类最困难的一件事，人天性里有喜新厌旧的本能，还有种'得不到的永远是好的'那种向往性。对男人，有些大男人主义，主张爱要爱得潇洒，分也分得潇洒。其实，爱情是无法潇洒的一件事，你真能做到潇洒，你就根本不是爱！"

迎蓝凝视他，有所感触。

"你一定爱极了采薇！"她感叹地说。

"不爱她，不会对她用那些心机。不过，说实话，"他微笑了一下，笑容相当动人，"我追她还没有阿奇追你来得苦！或者，我们兄弟注定要在爱情中受苦！"

她脸上发热，把目光调到花园的草丛里去，那儿，有对萤火虫在上下追逐，忽隐忽现。

"我主要找你谈谈，是要问你一句话。我一度以为黎之伟的转变，是因为得到了你，现在，阿奇回来了，你又回到阿奇身边，你认为黎之伟能忍受吗？"

迎蓝怔了怔，忽然抬头看人仰。

"你希望我怎样？是选择黎之伟，让你们夫妇平安；还是选择阿奇，让萧家仍然笼罩在黎之伟的阴影底下？"

"你的心选择什么？"他问。

"你的心选择什么？"她反问。

"我希望你选择阿奇！"他深深看她，"但是，必须警告你小心黎之伟，这是第二度姓黎的败给姓萧的！"

她睁大眼睛，瞪视人仰。知道他并不了解，黎之伟可能另有所爱，沉默片刻，她才说：

"黎之伟可能早就想通了，他也可能另有女朋友了！"

"我知道你的想法，"人仰点点头，"别忘了，人类有追求自己得不到的东西的本能。人类又生来有种自怜和自虐的本能。黎之伟二者兼具。他是很危险的。迎蓝，"他语重心长，"小心一点，不要让任何事情都打如意算盘，很多事是你想象不到的，我有种直觉——故事并没有完。"

迎蓝被他说得有些心慌，她仔细寻思，昨夜阿奇回来，今晚她就留在萧家晚餐，她也故意把公寓让给韶青和黎之伟，他们不知道谈得怎样？但是，截至她来萧家止，黎之伟并不知道阿奇回来。而昨天，自己跟黎之伟分手前说的最后一句话是："黎之伟，你有没有一点爱我？你要不要我？"

她不安地用手敲着栏杆，眉头轻蹙起来了。

"喂喂，人仰！"阿奇拉开落地窗，忍耐不住地跳了出来，没头没尾地乱嚷，"你在诱拐迎蓝吗？谈了这么久，太过分了！迎蓝，别理他了，大家菜都摆好了，等你们去吃晚餐呢！"他拍了拍人仰的肩，"把她还给我好不好？"

人仰笑了。阿奇也笑了。迎蓝在他们的笑容里，很感动地发现一件事：他们兄弟两个，实在手足情深！她很难在别的家庭里，发现这样亲密的兄弟，尤其是富有的家庭，多的是兄弟阋墙、争权争势的故事。

她跟着阿奇兄弟走进餐厅。采薇怀疑地、微笑地看看迎蓝。"人仰是不是在说我坏话？"她故意在明知故问。

"是啊！"迎蓝说，睁大了眼睛，"把你骂得天翻地覆，一塌又糊涂！""迎蓝！"人仰笑着对她拱拱手，满脸的书卷味儿，"你爱开玩笑，我们这个实心眼的采薇，是什么事都认真的呢！"

"怎么？"迎蓝故意挑起眉毛，认真地说，"你刚刚不是告诉我，和采薇是'时时相见，刻刻相厌'吗？"

"喀！"人仰咳嗽了一声，尴尬地看迎蓝，"你是真听错了呢，还是故意开玩笑？""噢！"迎蓝拍拍脑袋，恍然大悟地，"我说错了一个字。他说的是'时时相见，刻刻不厌'。我看他有点傻气，采薇，你怎么会嫁他啊？他真有点傻气，是不是？他每天上班不知怎么上的？应该再加两句话：'分分别离，秒秒思念！'哇！"她笑着转向阿奇，小声说，"我是不是还有点文学天才？"

"你——"阿奇盯着她，又笑又爱又宠又怜，"你是个古怪小精灵，很会翻江倒海的！"

"我已经领教了!"人仰说,抬头对着父母,"爸、妈,你们当心,她是够厉害的了。"

"我早就领教了!"萧彬笑着嚷道,"上班第一天,就跟我抬杠抬个没完,气得我差点把她解聘!"

"你怎么不把她解聘啊?"阿奇埋怨地喊,"如果你不用她当秘书,我也不会吃那么多苦头了!"

第八章

"也应该有个人让你吃吃苦！"萧太太对阿奇点点头，"免得一天到晚，眼高于顶，对每个女孩都三分钟热度……"

"喀喀喀！"阿奇真咳嗽。

萧太太没会过意来，转向迎蓝：

"迎蓝，你不知道，这小子有过多少女朋友……"

"喀喀！"阿奇再咳，端了一碗汤直送到母亲嘴边去，"妈！你喝口汤！妈，你要不要吃鲍鱼？唔，有你最爱吃的螃蟹，妈，我给你剥螃蟹。你要钳子，还是要黄？哎呀，这只螃蟹好肥，你看！妈……"全桌子的人都在笑，阿娟也在一边掩着嘴笑。迎蓝肚子里在笑，脸上却一股认真样，直望着萧太太。

萧太太推开了阿奇的手，自顾自地说下去：

"这小子自命不凡，给那些女朋友取了一大堆外号，这个是斗鸡眼，那个的下巴可以当汤匙，这个眉毛太粗，那个声音太细，还有位朱小姐，长得真够漂亮，简直没地方可挑，他却嫌人家姓不好。""姓不好？"迎蓝问，兴趣真的来了。

"他说，如果结了婚，就变成萧朱联姻，听起来像小猪联姻！"迎蓝差点喷饭，全家都笑成了一团。迎蓝用手指指萧人仰，再指指祝采薇，笑得喘不过气来。采薇眼珠一翻，这才会过意来，她又笑又噘嘴，瞅着阿奇说：

"好哇！你在背后损我们，当心，你那些粉红色事件，我也不帮你保密了……"

阿奇立刻对采薇打躬作揖：

"采薇，采薇，不，嫂嫂大人，你就饶了我吧！"

"阿奇，"人仰用手托着下巴，一副沉思状，"我记得你对那个崔崔……崔什么的女歌星……"

阿奇跳起来，也不顾什么餐桌礼仪了，他跑到人仰身后，一把就捂住了他的嘴，大声说：

"人家才从美国回来，你们是不是存心要把我再逼走啊？"

"好了好了！"萧太太慌忙说，掩不住那"爱子心切"的情怀，"咱们不开他玩笑了！在迎蓝面前，好歹给他留点面子吧！来，阿奇，"她打圆场，"你给我剥了半天的螃蟹钳子呢？"

"他呀！"采薇细声细气地说，"剥完了壳，就一不小心把钳子放到迎蓝碗里去啦！迎蓝听得出神，就一不小心把钳子给吃肚子里去啦！"这一下，满桌哄然，迎蓝的脸孔涨红了，瞅着采薇，这才发现，她也有这么活泼和调皮的时候。阿奇被笑得有些不好意思，但，他立刻摆脱了这一层尴尬，反而大笑特笑起来，萧太太惊奇地望着他，说：

"你笑什么？"

"笑我自己呀！"阿奇嚷着，转头面对迎蓝，正色说，"我一生不侍候女孩子，只有女孩子侍候我，现在我完蛋了！会被他们说一辈子，笑一辈子，你信吗？等我们老到八十岁，我妈还会对我们的曾孙子说：阿怪啊……"

"什么？"萧太太问，"阿什么？"

"我叫阿奇，我曾孙子叫阿怪。"阿奇一本正经地，又继续说，"我妈会说：'阿怪呀，你知不知道你曾爷爷当初给我剥螃蟹钳的故事呀……'就这样，这故事会一代传一代，将来几百几千年后，萧家的列子列孙，什么都不记得了，只记得他们有一个叫阿奇的老祖宗，把要孝敬给老老祖宗的螃蟹钳子，孝敬给了他那未进门的萧门夏氏太夫人！"

全桌的人被他说得脑筋都转不过来，等到转过来，就又都忍不住笑得天翻地覆。连阿娟也笑，厨房里的张嫂，也伸个头出来笑，花园里的纺织娘也笑，肯氏南洋杉和海棠、月季统统都笑了。

夜色也在笑，昨夜的风雨早成过去，月色明媚如水，流动在树梢花影中。迎蓝环视四周，早忘了这是"萧"家，忘了这是"豪门"，只看到有种名叫"幸福"的气氛，正慢慢地扩散开来，扩散开来，扩散开来，直至充塞在房间的每个空隙里。

就在萧家被幸福和笑声充满的时候，韶青和黎之伟也正在吃晚餐，韶青亲手做的菜，小公寓里有灯有酒，窗外有云有月。一样的夜色，一样的空气，只是，情况与气氛却和萧家大大不同。黎之伟进门时，情绪就不太好，坐在沙发里，他说："我今天采访了一个新闻，有个女人放火烧死了四个儿女，再卧轨自杀了。"韶青一怔。"为什么？""因为她丈夫移情别恋，离家出走。其实，这也不值得杀孩子呀！"他摇摇头，"你没看到火场，一片凄凉！"

"别说！"韶青慌忙阻止，"也别形容，否则，我做了半天的菜都白做了。"黎之伟正眼看她。"你是个典型的贤妻良母。"

她深刻地凝视他。"是吗？""是的，"他诚心诚意地说，"能够拥有你的男人，会是世界上最幸福的男人！"她的心脏猛地一跳，几乎冲口而出：你要当这幸福的男人吗？但是，黎之伟四面张望，问：

"迎蓝呢？"韶青深呼吸，走近黎之伟，在他身边坐下。

　　"我要告诉你一件事。"她沉声说，"阿奇回来了，昨天半夜到达台北，从国际机场就直杀到我们家。"

　　"哦！"黎之伟应了一声，紧盯着韶青，"怎样呢？发生了什么事吗？"韶青拉起他的手："来，我们来吃饭，一面吃一面谈。"

　　黎之伟没说话，走到餐桌前坐下来。他阴沉地看桌面，问："你没准备酒？""不要喝酒，好吗？"韶青半恳求地，"你一喝酒就会胡闹，又唱又跳的。我想跟你谈点正经事。"

　　"给我一点酒，什么酒都可以！"他沉郁地说，"我保证不醉！"韶青无可奈何地拿来了酒杯和酒，一瓶最淡的葡萄酒，他看看酒瓶，笑笑说："你们好像只有葡萄酒。"

　　"我不想让你醉。""你不知道，真正醉于酒的人很少，人会醉，只因为自己心理不平衡。你去锡口参观一下，那儿的人没有喝酒，个个都醉。""锡口？"她不懂他在说什么。"锡口疯人院。"他说，"我去那儿参观过，还写过一篇特稿，有个房间里住了二十几个人，属于没有危险性的、病状轻微的病人。其中有个老人给我印象深刻，他笔直地站在墙角，把一只手伸在前面，动也不动，已经站了好几个小时了。医生说他一进医院就是这样，因为他以为自己是一盏路灯。我看他的手举得那么久，等他手酸了，我走过去问他：'你在做什么？'他答：'我不能动，我是路灯。'我故意在他手下张望了一下，说：'路灯怎么没有灯泡呢？'他说：'灯泡坏了，用得太久，已经坏了。'我说：'那么，你就不要当路灯吧。'他悲哀地说：'不行，我是一盏不亮的路灯。'"黎之伟住了口，倒满酒杯，抬起头来面对韶青："你瞧，疯子有疯子的哲学，我不知道他一生遭遇了些什么事。但深深体会到他的悲哀，一盏必须站在那儿，忍受风吹日晒，而不亮的路灯。后来，我很想以这个题材写一篇东西，题目就叫'不亮的路灯'。"

"你写了没有？"韶青关怀地问。

"我没写。因为几个月后，我再去锡口，那老人已经不在了，我问医生：那盏路灯呢？旁边有个年轻小伙子躺在床上，一本正经地说：路灯被台风吹倒了。我问那年轻小伙子：你躺在这儿干吗？他对我很认真地说：'如果我不躺下来，台风也会把我吹倒的，我是倒地的路灯。'"他喝了口酒，看着韶青："后来我问医生，怎么路灯病还会传染呢？医生说，那小伙子送进来的时候，神志不清，胡言乱语，后来居然崇拜起那盏路灯来，还曾经爬上屋顶，把灯泡拆下来，硬要装到那老头的手上去。然后有一天，老头终于倒下来死了，这年轻人也倒下了，变成了一盏倒地的路灯。"

韶青有些难过，这故事影响了她的情绪，她抑郁地望着他，抑郁地问："为什么告诉我这些？"

"随便谈谈而已。"黎之伟说，"人的内心，是个永远不可解的谜，深不可测。所以世界上会发生许多怪事，你知道那母亲为什么要烧死自己的孩子？因为爱，她爱他们，不忍心丢下他们一个人走，就干脆来个'要死一起死'。"

"你看了这么多事情，想过这么多问题，你应该是个把人生看得很透很透的人了？"

"真能把人生看透的，是神，而不是人。"黎之伟注视着她，"说实话，我从没把人生看透！从没有。一个看透人生的人是四大皆空的，名利爱情婚姻都可不要，而我呢？我在挣扎，抢新闻，抢写稿，名、利、爱情我都要。你和迎蓝，总是鼓励我振作、奋斗，振作奋斗是在追求什么？成功？怎样就算成功？有名有利有事业？你瞧，韶青，你也不是一个能把人生看透的人，那个倒地的路灯，可能反而把人生看透了，反正站起来也会倒下去，灯亮过了也会熄灭。不如干脆灯也别亮，就躺在那儿吧！""你说得很消极。""不，我没看透人生，不算消极。"他振作了一下，坐正了身子。"好，把你没说完的话说完，你说阿奇回来了。然后呢？迎蓝把他赶出去了吗？"

韶青默默地瞅着他，沉默不语。

"那么，"他用手摸着胡子，眼光更阴沉了，"她原谅了阿奇，跟他和好如初了。那么，她要嫁进萧家，做萧家第二个儿媳妇了。你瞧，韶青。人类多现实，迎蓝昨天还问我要不要她？""你并没有说要她，"韶青低低地说，用舌头舔了舔干燥的嘴唇，"你告诉过我，你对迎蓝忘不掉阿奇很愤怒，但你并没有爱上迎蓝。""你错了。"黎之伟一个字一个字地说，"我爱上了迎蓝！"

"什么？"韶青吃惊地问，"你爱她？你真的爱她？出自内心地爱她？像当初爱采薇一样地爱她？"

"我爱她，因为她被萧人奇所爱！"他沉稳地说，把酒杯重重地放在桌上，站起身来，"好，告诉我她现在在什么地方？萧家吗？"韶青奔过去，用双手抱住他的胳膊。

"阿黎！"她又紧张，又伤心，又着急，"你千万别做会让你终身后悔的事！你放了他们吧！饶了他们吧！不管怎样，阿奇和迎蓝都没有做对不起你的事！真对不起你的，只有一个祝采薇，而你昨天，也已经原谅她了！"

"我并没有原谅祝采薇，"黎之伟咬牙说，额上的青筋在跳动，眼里冒着火，"只是，再见到采薇，我发现她变了，变得成熟，变得会说话，变得高贵文雅……她不是我的采薇了，她是萧家的采薇了！我发现……我不能再爱她了。我以为她的婚姻会很不幸福，她会是个可怜兮兮的、瘦弱苍白的小女人，我完全错了。她幸福，她快乐！她唯一的不幸福，是我的不幸福；她唯一的不快乐，是我的不快乐！这对我是很厉害的当头一棍，换言之，如果我不增加她的心理负担，她是很幸福很快乐的！不，韶青，我没原谅采薇，只是不爱她了！""不爱她，还恨她？"韶青喃喃地说。

"也不恨她，我恨萧家！"他再咬牙咬得牙齿发响，"我恨那兄弟两个！我恨迎蓝不争气，她居然又向萧家低头……我……我找他们去！"韶青死命拉住他的胳膊，眼中含泪了。

"你不爱迎蓝，何苦去破坏他们？你何苦？你何苦？你去了对你自己有什么好处？"

"要死大家一起死！"他叫着，眼白涨红了，声音变粗了。举起酒瓶，他把半瓶酒都倒进了嘴里。酒从嘴角溢出来，溅满了衣裳。韶青又惊又急又怒又伤心，她一把握住了酒瓶，死命要抢过去。黎之伟恼怒地把她一推，她站不稳，摔倒在地毯上，他灌完了酒，把空酒瓶扔在沙发上，转身就要往外走。韶青爬起来，半跌半摔地冲到门边，拦门而立，哭喊着："你要干什么？你想想清楚！萧家从头到尾就在让你！你以为他们会怕你吗？论打架，萧家自己不动手，他们手下的人就可以把你揍得半死！论杀人，你的手握笔还有点力量，握刀根本就不及格！论道理，人家有权追求未婚小姐，你根本就在无理取闹……""住口！"他大喊，"你也帮他们！你也骂我!"他举起手来，就狠狠给了她一耳光。

她被打得头都晕了，耳朵里一片尖鸣，嘴中有了咸味。她没动摇，仍然拦门站着，仍然死盯着他，仍然泪眼凝注，她放低了声音，一个字一个字地说：

"迎蓝不是你的女朋友，她始终是阿奇的！"

"她现在是我的！"他暴怒地叫，"我已经把她从阿奇手里抢来了，好大胆的阿奇，居然要再从我手里抢走！"

"你在自说自话！迎蓝没有爱过你！"

"她爱的！"他大叫，因内心受伤而暴怒如狂，"她要嫁给我，她问我要不要她！她爱的是我！"

"你明知道不是！"她残忍地点醒他，"她为了赌气想嫁你，你为了报复想娶她，你们两个谁都没爱上谁。她不爱你，黎之伟，她喜欢跟你在一起，可以排遣她对阿奇的思念，这不是爱……她把你当一种填充物……"

"你住口！住口！"他昏乱地大喊，"你是个什么怪物，在背后如此残忍地批评你的好友，你……"

"我不是批评……"韶青打断了他。

"滚！"他吼着，又给了她一耳光。

她跌倒下去，坐起来，她背靠在门上，依然用全力拦住那扇门，虽然她已经在眼冒金星、浑身冷汗。

"你是个疯子，"她说，"你该进锡口疯人院去！"

"好，我是疯子。"他斜着眼睛，皱着眉头，一脸的狰狞，"疯子不为自己的行为负责，我要去放火把萧家烧掉！你走开！走开！"她匍匐在地上，用力抱住了他的腿。

"我求你不要去！我请求你不要去……"

他用力想拔出自己的腿来，但她抱得紧紧的。他暴怒到了极点，低下身子，他一把揪住韶青的头发，把她的头拉得仰了起来。那张脸又是血又是泪又是汗，眼光却坚定不移地盯着他，他从来没看过这种不顾一切的坚决，他几乎有点眩惑，但是，怒火仍然疯狂地燃烧着他，从内心深处一直烧出来，烧痛了他每根神经、每个细胞。

"你为什么这样帮着萧家？"他狂怒地大吼，"难道你也爱上了萧家的什么人？所以，你这样千方百计地拦阻我，你怕我伤害他们？是吗？你也爱上了阿奇吗？你想和迎蓝效法娥皇女英是不是？"泪珠从她的眼中滚落，连汗带血地往下淌。

"我不怕你伤害萧家人，"她清晰、悲切地低语，"我怕你伤害你自己！你一直是个虚张声势的人，你伤害不了别人，只会伤害自己。""你这么轻视我？""这不是轻视，而是了解。我也没爱上萧家任何人，我只是——爱上了你。"他大大一震，低头看她。

"你不必这样来哄我。"他说。

"我不哄你，我为自己悲哀，你没正眼看过我，你心里只有采薇和迎蓝，而我，为了你的一句话，和驾驶员分手，我以为有一天，你也会像我一样，拔慧剑，斩乱麻，把以前种种，都完完全全地抛开。那么，你会注意到我了，虽然只是你身边的一个小配角，平凡，不会发光，不会发亮，但是却静静地依偎着你，愿意跟你上天入地……不，我不再说了，换了迎蓝，她决不会说这些话。我说了，你可以骂我不知羞耻！可以把我一脚踢开，也可以再给我一记耳光。不过，我说的句句实言，假若你仍然要迎蓝或采薇，你就从这道门里出去，我和你也从此一刀两断，我再不过问你的任何行动。你要放火杀人，或者别人要杀你，我都不管！如果你对我还有一丝丝、一点点的好感，那么，留下来，留下来和我在一起，从此，把你以往的爱和恨，都抛到九霄云外去！"

黎之伟怔住了，这篇长长的告白，整个撼动了他。他站在那儿，韶青匍匐在他脚下，紧抱着他的腿，诉说对他的爱情，这多不真实！多不真实！他几乎只有被"抛弃"的经验，还没有被争取的经验。他低头注视韶青，那被泪水、汗水和嘴角的血液弄脏了的脸。血，是的，他打了她，打了这个唯一爱他的女人。不，他摇头，她在骗他，这不太可能！黎之伟生来是为受苦，不是为被爱！他凝视她，眼前看到的，是围着围裙、端着菜盘、满屋子旋转的女人。是那双女性的手，捧上一杯葡萄酒！是那永远笑脸迎人，风度翩翩的女孩！

他放开了她的头发，用手指轻抚她的泪痕，一直抚摸到她的嘴角，怜惜地、震动地去轻触那血渍。然后，他想也没想，就跪了下来，抱紧她，把嘴唇紧压在那流着血的嘴唇上。

好半天，他放开她，心里绽放着一片耀眼的光华，一种崭新的喜悦，一种崭新的温柔，一种崭新的激动，就把他紧紧包住。在这一刻，他忘了阿奇，忘了迎蓝，忘了人仰，忘了萧家。甚至，忘了采薇。

韶青用手轻轻地整理他的头发，她摸着那乱发，摸着那粗糙的脸颊，再摸着那络腮胡子。

"你有很漂亮的胡子！"她说。

"哦，"他一怔，说，"你不喜欢我的胡子！你这儿有胡子刀吗？我马上剃掉！""我没有胡子刀，"她笑着，那么温暖、宁静而幸福的笑，"我喜欢你的胡子，你不用剃掉，当我见你第一面的时候，我看不清你的脸，只看到你满脸大胡子，那时，我就想：这大胡子多性格、多怪异啊！现在想来，可能那时我就喜欢你了。如果你剃掉胡子，说不定我还不认识你了呢！"

他一瞬也不瞬地看她，忽然低问："你是真心的？""什么真心的？"她不解，"胡子吗？我真心不要你剃，当然，假如你自己想剃，我也不干涉。"

"我不是说胡子。"他盯紧了她，"你瞧，我是这样一个愤世嫉俗的孤魂野鬼，你真的爱我？"

她把面颊紧贴上去，依偎着他那粗糙的脸。

"我没骗你，如果你要我，我们明天就去结婚！但是，我担心的是，你没注意过我，是我倒追你的，几天之后，你就会对我厌倦了！"他用双手捧住她的头，热烈地盯着她：

"阿青，我居然没追过你？"

"你没有。""你确定没有？""我确定没有！""唉！"他低低叹息，嘴里轻声地叽咕着，"人，多么容易忽略在手边的珍宝！"抬起头来，他认真地说："我现在开始追你，行吗？""你晚了一步。"她巧笑嫣然。

"怎么？"他大惊，"又晚了一步？"

"是啊！"她笑着，"我已经先追了你了！"

他大笑。多么难得看到他这样开怀的大笑啊！她满心舒畅，满怀感动地凝视着他。他笑完了，忽然间，他站起身子，把她也从地上扶起来，很坚定地说：

"你去洗洗脸、梳梳头，我们要出去。"

"去哪儿？"她惊问，看看手表，"都已经十点多钟了！"

"去萧家！"他简单明了地说。

"萧家？"她大惊失色，"我以为——你已经放弃这个念头了！我以为——你再也不会去找他们麻烦了！你怎么还是要去萧家？""我和他们家的问题并没有完！我还是要去！"

"你——"她生气了，咬着牙狠狠地瞪着他，"你去吧！去吧！去了别再回来！我永远不要见你！"

"我就知道你会这么说，"他走过去，拉住她的手，拖向浴室，"你快些梳洗，我带你一起去！"

"我不去！""你要去的！"他对她深深凝视，唇边带着个怪异的笑，"万一我被人家打死了，你总得帮我收尸呀！"

她跺脚，又气又急："你……"他吻住她。半晌，抬起头来。冷静、坚决、毫不动摇地说："准备一下，在他们没散会以前，我们要赶过去！如果我不去萧家算清这笔账，我终生也不会平安！"

第九章

萧家仍然在一片笑语喧哗中。

晚餐结束得很晚，吃完晚餐，大家都散坐在客厅中，继续着饭后的话题。萧太太一直拉着迎蓝的手问东问西，问她台中家里有些什么人，问她父母的生活情况，问她小时候的故事，又问她的出生年月日，问得阿奇不耐烦了：

"妈，你总不至于要帮我们合八字吧？至于迎蓝的家庭情况，当初来达远应聘时，已经记载得清清楚楚了。"他忽然想起什么，转向萧彬，"爸，你该开始征聘新的女秘书了！"

迎蓝微微愣了愣，当初豪语"不嫁萧家人"的话如在耳边，怎么还是投进了萧家呢？

"不忙不忙，"她红着脸说，"我做得好好的，为什么要换秘书？""你帮帮忙好不好！"阿奇盯着她，"圣诞节以前，我们要结婚。""都听你的吗？"迎蓝低着头，挑了挑眉毛，"我还没考虑清楚，要不要嫁你呢！""哎呀！"阿奇失口大叫，"你怎么又来了？你折磨我还没折磨够吗？"他坐到她身边去，焦急地说："我们早点结婚，你也让我早点定下心来，好不好？"

"那么，琴恩怎么办呢？"她哼着。

"琴恩？"他一愣，"什么琴恩？"

"你那个中美混血的未婚妻啊！"迎蓝说，"不要告诉我，你根本忘记这个人了！""哦！"阿奇抓抓脑袋，"我不是跟你说过了吗？那是捏造出来骗你的！琴恩是我一个朋友的女朋友。噢，你在找麻烦，妈，你帮我对她说说好话吧！"

萧太太真的握住迎蓝的手，又拍她的肩，又抚弄她的头发，简直不知道把她疼爱成什么样才好。她一连声地、低声下气地说："好了，迎蓝，你就原谅了他吧！你想想，他虽然左一次骗你、右一次骗你，还不都是为了爱你？咱们这个狂小子，还从没有这样认真、这样受苦过！瞧瞧，两个人都被磨得那么瘦，快点结婚，也快点长点肉呀！"

"迎蓝，"采薇笑着插嘴了，"你也别再矫情了，是谁淋着大雨满街乱跑啊？现在又说要考虑考虑了！"

迎蓝抿着嘴角，要忍住笑。

"而且，"萧人仰也插了进来，"你那曾孙子阿怪都晓得曾爷爷给曾奶奶剥螃蟹壳了！"

迎蓝忍不住笑了出来，这一笑，就把满屋子都逗笑了，也等于承认年底要结婚！萧太太直着喉咙喊：

"阿娟！阿娟！把那本皇历拿来，我要选个日子！"

"是！"阿娟飞奔着，取来了皇历。

萧太太翻皇历，好几个脑袋都伸了过去，帮忙选日子，大家高兴得都像小孩，又说又笑又跳。迎蓝含羞带笑，坐在那儿沉思不语。萧彬走过去，对太太大声说：

"别忘记一件重要事情，我们星期天要去一下台中。"他回头看迎蓝，习惯性地交代"女秘书"：

"记得订车票，还要备份礼。你知道夏先生夏太太喜欢些什么吗？"迎蓝微笑着低下头去，阿奇这才被提醒，对着自己脑袋就是一巴掌："我真糊涂！"他大喊，"爸、妈，你们晚一步去，我该先去一次台中。迎蓝，"他抓她的手，"我们明天就去台中吧！"他摸摸衣领又摸摸头发，已经开始紧张。"你说，你爸爸是怎样的人？我该穿随便一点还是讲究一点，我该说些什么……""我爸爸很严肃，"迎蓝开口了，笑吟吟的，"他在中学教语文，很典型的老师。我姐姐结婚以前，我姐夫来我家，我爸要他背《诗经》。""背什么？"阿奇吓了一大跳。

"《诗经》，当然不是背整本，我爸提第一句，他就得把下面的背出来。背完《诗经》，再背《唐诗三百首》……"

"喂喂，"阿奇大急，伸长脖子去看迎蓝，"我不是他的学生呀！我也不考诗词呀！喂喂，迎蓝，你得帮我说个情，我对这些古人的玩意不大行……"

"那么，"迎蓝沉吟着，"或者，我可以说服爸爸，问你一些比较近代的东西，例如《胡适文存》啦，《朱自清传》啦，徐志摩的诗啦……""有了！"阿奇终于喊了起来，"我知道一首徐志摩的诗，叫《偶然》，什么天空有一片云啦，偶然照着我的心啦，还有，还有……嗯……"他歪着头在思索。

迎蓝看着他，大大摇头。

"你连一首《偶然》都背不好！'我是天空里的一片云，偶尔投影在你的波心'……""你会背？"阿奇像抓到救星似的，"可不可以由你代我考呢！""你少糊涂了！"迎蓝笑着骂，"你最好从今天晚上起，死磕《诗经》和《唐诗三百首》。不过，我爸说不定也会要你背背《十八家诗抄》或者是《宋六十名家词》……"

"喂喂，"阿奇抓耳挠腮，像只毛躁的猴子，"你爸怎么这样古怪啊！""还没见到我爸，你就开始骂人了。"迎蓝说，"我爸教了一辈子书，满脑子满肚子都是书，和你谈话，当然都是问你一些中国文学，人家又不会刁难你，你是大学毕业生，他问些高中教材，你还有答不出的？"

"我又不参加大专联考!"阿奇怪叫。

"啧啧啧,"迎蓝咂嘴,斜睨着他,"你比我姐夫差多了!"

"我就不相信他又能背《诗经》,又能背《唐诗三百首》,还有十八家六十家的东西!""他倒没背那么多,"迎蓝慢吞吞地说,"因为他和我爸争辩起刘梦得的诗,大谈刘梦得文集,后来又把元微之的诗倒背如流,我爸最喜欢元微之,一高兴,就把我姐姐嫁给他啦!""刘……刘什么?"阿奇赶紧问。

"刘梦得。""刘梦得是什么东西?"

迎蓝的头摇得更凶了。满屋子的人都看着她发呆,怎么都没想到迎蓝父母这一关会如此难过。

"你怎么连刘梦得是谁都不知道?"迎蓝皱着眉问。

阿奇掉头看人仰:"人仰,你知不知道刘梦得?"

"八成是个作文章的人。"萧人仰说。

"你真聪明。"阿奇说,"我也晓得是个作文章的人,只是不晓得他作了些什么。""那么,"迎蓝说,"你一定知道他死于哪一年?"

"嗯,哼!"阿奇哼着,"他死了吗?他什么时候生病的我都不知道!"迎蓝忍不住笑了起来,满屋子都笑了起来,大家又嘻嘻哈哈地笑得好开心,迎蓝边笑边说:

"刘梦得就是刘禹锡,唐代人!"

"哇!"阿奇叫,"我知道刘禹锡,刘禹锡就刘禹锡,你说什么刘梦得！""刘梦得是刘禹锡的字！"迎蓝叫，"那么，你知道独孤及吗？""独孤寂？"阿奇叹气，"这个人真可怜！"

"你知道他？"迎蓝兴奋了，"说说看，或者，你先和我爸谈独孤及，我爸一听，你连独孤及都知道，别的就不问了。"

"独孤寂！"阿奇睁大眼睛，"真可怜，他已经又独，又孤，还带寂寞，岂不是可怜极了！"

迎蓝惊愕得挑起了眉毛，然后就用手蒙住脸，笑得眼泪都快出来了。全家没有一个人知道独孤及是什么人，看到迎蓝笑，也知道阿奇在胡说八道，大家就跟着笑。萧太太不忍心儿子出丑，用手按住迎蓝的肩，为阿奇说起情来：

"迎蓝，你回去跟你爸爸先说好，别考他啦，他学政治，要考呢，考点政治上的玩意，要不然，考他点贸易啊、经济啊、会计啊……都可以。"

"不行呀！"迎蓝一脸天真相，"我爸常说，不论学什么，不可忘记自己是中国人，中国人就该知道中国文学。我姐夫是学土木工程的，他也会……"

"你不要口口声声你姐夫你姐夫的了！"阿奇打断了她，有些恼羞成怒了，"我知道你姐夫天文地理、文学音乐，无所不通……喂，"他皱皱眉，"你姐夫？你姐夫？哎呀，"他忽然瞪大眼睛，"你明明是家里的老大，你连姐姐都没有，哪儿跑出来的姐夫？哎呀，爸，妈！我们都被她骗啦！"他跳起来要抓她。迎蓝大笑起来，躲到萧太太怀里去了，一边笑，一边喘，一边说："谁叫你一天到晚骗人呢！人家当然也要骗骗你！"

大家你看我、我看你，再看那笑成一团的迎蓝，就都忍不住笑开了。一时间，满屋子都是笑，迎蓝想到他的"独孤及"就更加笑得厉害。阿奇瞅着她，那样亲热地躺在萧太太怀里笑，他心中感动极了，嘴里还在乱嚷：

"笑！笑！笑！这一辈子都会被你笑死！笑，笑，笑，就那么好笑！"就在这一团笑闹声中，门铃响了。

大家对门铃都没有注意，仍然在笑。阿娟跑去开了门，她并不认识黎之伟，也不认识李韶青，看来客都很年轻，直觉地认为是阿奇他们的朋友，她问也没问，就带着两位客人走进客厅，一面笑着喊："又有客人来啦！"迎蓝慌忙从萧太太怀中爬起来，大家抬头的抬头，转身的转身，顿时间，笑声像变魔术般停住了。

黎之伟拦门而立，月光在他的身后闪耀着一片银白，把他烘托得像个黑色的剪影。他慢慢地走进房间，韶青亦步亦趋，迎蓝紧张地看韶青，后者只是注意着黎之伟，对室内任何人都没看。采薇下意识地靠紧了萧人仰，人仰把她推到自己的身后，像个保护神似的拦在她前面。阿奇站直了身子，挺立在那儿，一瞬也不瞬地注视着黎之伟。一时间，房间里好安静好安静，安静得出奇。

黎之伟环视四周，锐利的眼光从每一个人身上掠过去。随着他的眼光，采薇痉挛了一下，迎蓝微微皱了皱眉，阿奇和人仰都一副备战的态度，萧彬夫妇只是沉默地等待那即将来临的风暴。"很好，"黎之伟开了口，冷峻而严肃地点点头，"我来得正是时候，你们全在这儿！"

听出他语气的森冷，阿奇往前跨了一步。

"黎之伟，"阿奇坚定地说，"如果你要找人打架，我奉陪，请不要伤害屋里其他的人！"

黎之伟看了他一眼，动也没动，像尊铁塔，他稳稳地站着，再度环视四周。"阿奇，"他冷冷地说，"你让开，我今天不是冲着你一个人来的！"萧人仰立刻走上前去。

"那么，你是冲着我来的了！"他说，紧盯着他，"你要什么？""我要的东西，你们给不起！"黎之伟骄傲地仰着头，朗朗然、铿铿然地说，"但是，我自己已经有了！我再也不要被你们萧家抢走的东西，也再也不要抢你们萧家的东西了。"他目光灼灼地扫向每个人。"我今天来，是跟你们萧家做一个总了断！不要紧张，"他对握着拳的阿奇说，"我不是来打架，不是来抢人，更不是来杀人放火！我是来告诉你们，你们这些人里面，有的爱过我，有的恨过我，有的想念过我，有的咒骂过我……我今晚来告诉你们，所有的爱与恨、牵挂与愤怒，现在统统没有了。你们不必再防备我，不必再怕我，更不必再可怜我！我曾经以为萧家是大富人家，用你们的富有来达到你们任何目的。今晚，我才发现，我和你们一样富有！你们有的东西，我都有！我何必恨你们？我何必要报复？从今以后，无恨无怨，无仇可报，我和你们萧家，所有一切的老账，全部一笔勾销！"大家都瞪着他，都不信任地望着他，也不了解地望着他。只有韶青，眼里闪烁着一片温柔而灿烂的光华，静静地看着他。于是，迎蓝第一个明白过来，爱情创造了奇迹！眼前这个黎之伟，再也不是拿刀顶着她脖子的那个人了！再也不是让全家提心吊胆的那个人了！她从沙发深处站了起来，不由自主地走向黎之伟，不由自主地伸出手去，不由自主地喃喃低语："阿黎，恭喜！"黎之伟眼中闪亮了一下，把她的手推给阿奇。

"不要伸错了方向！"他警告地说，自己的手握住了韶青的。他又转向大家，朗声说："祝你们每个人有每个人的幸福，我走了！"他牵着韶青的手，昂然转身，预备离去。

"黎之伟！"阿奇大喊，"喝杯酒再走！"他回头喊阿娟："阿娟，去拿楼上那瓶一九二〇年的白兰地！就是我藏在书房里的那瓶。"阿娟奔上楼去拿酒。黎之伟瞪视着阿奇。"想跟我比酒量？"他问。

"不敢。"阿奇朗声说，"只想跟你干一杯！"

阿娟拿了酒和酒杯下楼，阿奇开了瓶，酒香四溢，满屋都充满了那浓郁的酒味。黎之伟深深呼吸，大声说：

"好酒！"

阿奇注满了两个人的杯子，对黎之伟举杯说：

"干！"

两只酒杯在空中轻轻一碰，那叮然一声，像是世界上最美妙的音乐；那轻微的撞击，像是人类心灵与心灵的撞击，迎蓝几乎可以看到那撞击下的火花，像焰火似的满屋迸洒。阿奇和黎之伟各一仰头，酒到杯干，两人亮了亮杯子，黎之伟放下酒杯，开怀大笑："哈哈哈！两年多来，这是我第一次喝到这么痛快的酒！"

转过身子，他挽住韶青，一边长笑着，一边飘然而去。韶青倚在他的臂弯里，自始至终，没有说过一句话。

好一会儿，房里仍然静悄悄的。终于，阿奇大声说：

"让我们都干一杯酒，好不好？"

大家霍然一声附议着，纷纷去拿酒杯。

许多酒杯举了起来，灯光透过酒杯，发出炫目的光华。酒杯与酒杯相撞，是无数的火花，无数的焰火。室内似乎被那迸洒的火花，照耀得万丈光芒。

——全书完——

一九八〇年八月十一日夜初稿完稿于可园

一九八〇年八月二十七日夜修正于可园

（京权）图字：01-2025-0195

图书在版编目（CIP）数据

却上心头 / 琼瑶著 . -- 北京：作家出版社，2025.1.
（琼瑶作品大全集）. -- ISBN 978-7-5212-3236-3

Ⅰ. I247.5

中国国家版本馆 CIP 数据核字第 20250AQ060 号

却上心头（琼瑶作品大全集）

作　　者：琼　瑶
责任编辑：张　平
装帧设计：棱角视觉　纸方程·于文妍
责任印制：李大庆　金志宏
出版发行：作家出版社有限公司
社　　址：北京农展馆南里 10 号　　　　邮　　编：100125
电话传真：86 - 10 - 65067186（发行中心）
　　　　　86 - 10 - 65004079（总编室）
E - mail: zuojia@zuojia.net.cn
http: // www.zuojiachubanshe.com
印　　刷：北京盛通印刷股份有限公司
成品尺寸：142×210
字　　数：103 千
印　　张：5.5
版　　次：2025 年 1 月第 1 版
印　　次：2025 年 1 月第 1 次印刷
ISBN 978 - 7 - 5212 - 3236 - 3
定　　价：2754.00 元（全 71 册）

品　琼　瑶　经　典

忆　匆　匆　那　年

琼瑶作品大全集